MATTHES
& SEITZ
& BERLIN
PAPER·
BACK

Esther Kinsky

SOMMERFRISCHE

Matthes & Seitz Berlin

Für Sicco Heyligers
1959-2006

»You should've wrote a book«
Dan Reeder

üdülö

An das Hitzejahr erinnern sich alle. Das Jahr, als der Fluss zu tief stand, um auch nur an den Uferbüschen zu lecken, als die Erde schon im April vor Hitze platzte und sprang, eine Scherbenerde, über die der Wind die grauen Schlangenhäute wehte, sogar Fußstapfen vom vergangenen Jahr hatten sich in der Erde bewahrt und bildeten jetzt Risse und Klüfte, die Zehenmulden spalteten sich von der Rille der Fußkante, die sie mit der Fersengrube verband, und kein Regen kam, um über diese Klüfte hinwegzuwaschen.

Man freute sich über das Ausbleiben der Flut, schon im April kamen die Kozakjungs, um das Gras vor und hinter ihrer Laube zu mähen, mit Autos und Motorrädern kamen sie wie jedes Jahr, einen Kasten Bier nach dem anderen luden sie aus, stellten ihre Radios auf, sie lachten, grölten fast schon am frühen Morgen, schlugen einander auf die Schultern, froh wie jeder, nicht mit dem zähen Ausräumen von Flussschlamm nach dem Hochwasser beginnen zu müssen. In diesem Winter war alles trocken geblieben, die Kozakjungs stellten die Radios laut und brachten ihr Häuschen in Ordnung, innen und außen, und wenn ihnen ein Lied gefiel, sangen sie mit. Sie sangen laut und gerne, im üdülö nannte man sie auch den Männerchor, weil sie alles übertönten. Die Kozakjungs waren eine große Familie, Väter und Söhne und Schwäger, zum

Aufräumen ließen sie Frauen und Kinder daheim und waren Männer in der Wildnis des Frühlings am Fluss. Sie schufteten den ganzen Tag rings um ihr Häuschen auf Hochwasserstelzen, die Bäume rauschten noch laublos über ihren Köpfen, Unkraut wurde ausgerissen, Altgras geschnitten und gesenst, die schiefe Kinderschaukel gerichtet, die Betten ausgeklopft und die Stube ausgefegt, auf dass zum Sommer ihre weichen, breiten, weißen Frauen und ihre weinerlichen Kinder Einzug halten konnten, Die ganze Sippe, wie sie zu sagen pflegten, Das ist unser Sippenreich, erklärten sie mit ausholender Gebärde und Blick auf ihr Stelzenhaus und den sumpfigen Schattengarten dahinter. Im Frühling des Hitzejahrs stank es nicht so wie in den sonstigen Jahren, denn der Flussschlamm mitsamt seinem kriechenden Ungeziefer saß nicht in den Ritzen und Ecken, der Fluss hatte keine Toten oder Totenteile im Gestrüpp gelassen, gespreizte Grauslichkeiten, die der Mensch im Leben nicht vergisst. Der Wind wehte durch die engen Schlafkammern und die geputzte Stube, nur Staub war da, Fliegenleichen, vertrocknete Motten und Schmetterlinge mit einem lila Auge auf jedem Flügel und toten Körpern wie kleingeschrumpfte Ungeheuer.

Als die Kozakjungs aufgeräumt hatten, öffnete Lacibácsi seine Kneipe im üdülő, nur zur Probe, aber die Motorradfahrer, Kozakfreunde unter ihnen, fanden sich ein, wie auf ein fernes Signal, und ein paar Mädchen, und so wurde der üdülő für den Sommer eingefeiert, wie sie es nannten, Das ist ja schon ein Ritual, sagte Lacibácsi, denn das war jedes Jahr so, auch nach dem schlimmsten Hochwasser. Die Kozaks sangen, die Motorradfahrer ließen die Maschinen aufbrausen, die Mädchen grinsten über ihrer Gänsehaut und gingen mit den Kozaks heim, um das aufgeräumte Stelzenhäuschen anzusehen, und am nächsten Morgen standen sie müde und breitbeinig unwohl an der Theke der fast wieder geschlossenen Kneipe, tranken Kaffee, untersuchten ihre gebrochenen und gerissenen Fingernägel. Der ganze Männerchor, sagten sie zu Lacibácsi an der Theke, Stell dir das mal vor, der ganze Männerchor, und sie kicherten heiser wie der kehlkopfkranke Lacibácsi. Einmal nannte jemand die Kozakjungs nicht Männerchor sondern Donkosaken, das war ein Scherz, endete jedoch mit der gröbsten Abreibung in der friedlichen Geschichte des üdülő, der ein Zufluchtsort der Ruhe war – ungeachtet des Schlachtengetümmels vergangener Zeiten, das hier über jeden Flecken Land zwischen den Flüssen, Bächen und Rinnsalen gewogt hatte – hier, wo praktisch jeder Quadratzentimeter durchblutet ist, sagte Lacibácsi gern. Die Kozakjungs hielten auf die Reinheit ihrer Herkunft, Reiner Ungar, sagten sie gern von sich selbst, voneinander, anerkennend und stolz, Reinerungarreinerungar, das klang harmlos, die Kozaks hatten keine Feinde, gegen die sie ihre Reinheit zu verteidigen hatten, nicht einmal die Donkosaken.

Später, wenn der Sommer da ist, kommen die Kozakjungs mit ihren Frauen, und die Mädchen haben nichts mehr zu melden, die Frauen sind dick und weiß, mit Fleisch fängt man einen Kozak, heißt es im Männerchor nicht zu Unrecht, und der Sommer verläuft unter Singen und kreischendem Lachen, in dem das Weinen der blassen zankenden Kinder untergeht. Die Kozakjungs kommen und gehen, immer ist eine Riege da, um die Frauen und Kinder zu hüten und vor Unbill zu bewahren, während die anderen jenseits des üdülő den Kozakwohlstand mehren, das schlingernde Schiff der Geschäfte Hab und Gut entgegensteuern.

Die meisten Frauen im üdülő heißen Zsuzsa oder Marika. Sie stehen im Bikini auf den Sandwegen zwischen den Lauben, der Wind streicht ihnen über die Stirn, sie blinzeln in die Sonne, rufen einander mit heiseren Stimmen, Der Attila hat eine Neue, rufen sie sich zu, Die ganze Nacht brennt da Licht, die Rosen müssen auch noch geschnitten werden, keine Rose ohne Dorn, Marika, mein Leben, Zsuzsika, meine Süße, so sagt man hier zueinander, mein Leben, meine Süße, borg mir etwas Paprika zum Huhn, mein Leben, Zucker für die Süßspeis, ihre Schenkel reiben aneinander, wenn sie auf hochhackigen Glitzerschlappen durch den graugelben Sand stolzieren und ihr Fleisch von Gartentor zu Gartentor tragen, der Wind weht Staub, immer Staub zwischen ihren Füßen hin und macht die Zehen und Fußsohlen graugelb, wenn der Sommer vorbei ist, haben die Riemen der Glitzerschlappen einen hellen zarten Streifen auf dem graugelben Sommerfuß behütet.

Die Männer haben ihre Männernamen, Feri und Tibi, Attila und Zoli, sie liegen im Schatten und starren mit halbgeschlossenen Augen durch die Lücken im Spalier, hängen Träumen nach, fürchten sich vor dem Rascheln im Unter- und Hintergehölz, sie gleiten von Traum zu Traum, von einer Untätigkeit zur anderen, raffen sich schließlich aus ihren Liegen auf, um zu wissen, ob sie noch stärker sind als der Schlaf.

Am Nachmittag harken sie die Pfade in ihren Gärten, ihre kleinen Träume von der großen Ordnung fahren sie im Kofferraum des Autos hier hinaus in den üdülő und arbeiten daran, an den Stelzenhäuschen und Lauben mit Rosenspalieren, Weinranken und Tomatenstauden, in den Sommerauen am Fluss. Schwarze Schlangen ruhen unbehelligt auf den Schwellen der kleinen Häuser, während die Bewohner im Freien fernsehen, dösen, träumen, die Schlangen sind die kleine stille Botschaft der Wildnis an den üdülő, ein Schwemmlandgruß, der auch im trockenen schwemmlosen Hitzejahr gilt.

Gelächterwolken, Streitfetzen, Schweigen treiben wolkenweise durch den Abend, ein fremdes Schweigen bleibt im Mückengitter von zwei Lachern hängen und schämt sich, ein Kreischen, Keuchen, Atemhasten lässt sich erschöpft auf dem Weinspalier nieder, in dem es von bitteren Wortschnitzen wimmelt, die nicht wissen wohin. Und alles ruht in der großen Beuge der Autobrücke über den Fluss, im Spuckfeld der Lastwagenfahrer, die doch nur träumen können vom süßen Leben im üdülő.

Schrotthof

Lacibácsi hütete den Schrotthof, dort, wo die Straßen sich kreuzen. Er stand am Schrotttor und wartete auf die großen Kranwagen, die seinen Schrott holen sollten. Blaue Wagen mit braunroten Hungergreifern, die ächzend die Ansammlung alter Kinderwagen, Fahrräder, Pflugscharen und Karosserien aus seinem Hof hieven würden. Lacibácsis Frau hockte vor dem Haus und rauchte. Sie spielte mit kleinen Katzen. Sie lachte. Wie heißt deine Frau?, hatte einmal die Neue Frau gefragt, die zwei Häuser weiter wohnte. Die Neue Frau war irgendwann angekommen, eine Fremde aus einem anderen Land, ganz unvermutet hatte es sie hierher verschlagen, in diese gottverlassene Vorstadt am Ebenenrand, und ausgerechnet dort hatte sie sich niedergelassen, nur durch den schmalen Polizistengarten vom Schrotthof getrennt, und immerzu schaute sie in der Gegend herum, stundenlang saß sie auf der Treppe zum Dachboden und starrte werweißwohin, womöglich auch in seinen Hof. Lahtsibahtschi sagte sie zu ihm, sie konnte nichts dafür, denn sie war nicht von hier, sprach eine fremde Sprache, die ihnen hier wiederum nichts bedeutete. Éva heißt meine Frau, sagte Lacibácsi, und die Neue Frau sagte: Schade, sie sieht aus, als hieße sie Ruth. Lacibácsi argwöhnte Spott, mied den Blick der Neuen Frau fortan, aber die Ruthfrau winkte ihr immer von weitem, aus der Hocke.

Es war noch nicht richtig Sommer und schon so heiß, Lacibácsi kratzte sich die kranke Kehle, die ihm die Stimme ausgesaugt hatte, und schaute beide Straßen hinauf und hinunter, die Kätzchen spielten im grauen Staub, Lacibácsi dachte an seine Kneipe im üdülő, das Bäumerauschen, das Silberbanddesflusses in sanfter Biegung, das Auwaldgrün der Inselimstrom, den Männerchor, Grillabende, Motorradfahrer, die Schenkel und Glitzersandalen der Marikas und Zsuzsas, die Einfeiermädchen. Vor Hitze wurde ihm angst und bange, er wollte sich aus diesem Schrotthof schneiden, aus der lungernden Verwandtschaft mit Zwiebelwirtschaft und Holzklau, aus diesem Ödland im Sonnenflimmer, von seiner Ruthfrau in der Zigeunerhocke, er wollte ein Mannamfluss sein, ein Pappelschattenmann, Bierzapfer, Vertrauter von Trunkenen, Zeuge von Kampf und Aussöhnung, er wollte im lauen üdülőherz des Sommers leben und nicht hier an seinem ausgedorrten rostzerfressenen Rand, wo der Faltenhund seines Polizistennachbarn durch den Maschendrahtzaun sabberte. Nachbar, Nachbar, sagte er einmal zu dem jungen Polizisten, Warum hast du einen Hund mit einer solchen Lefzenflut?, ein solches Trauertier, dem der Schädel zu klein geworden ist, eine solche Jammergestalt?, aber der Polizist wusste keine Antwort, er war verlegen und dann gekränkt, fasste seine beiden kleinen Töchter an der Hand und schloss das Hoftor hinter sich.

Évike, mein Herzensstern, ich will in den üdülő und am Fluss verweilen, sagte Lacibácsi zu seiner Frau, und sie lachte aus der Hocke zu ihm auf.

Das Schlimmste steht uns noch bevor, sagte Lacibácsi gern, jeden Tag aufs Neue, wenn das Thermometer stieg,

Das Schlimmste kommt noch, passt auf. Die Schrottwagen kamen, kleine Ratten stoben davon, der Schrott wurde gewogen, Lacibácsi bekam sein Bätzchen, seine Frau hockte, rauchte, lachte mit einer Nachbarin, die sich als Hexe kleidete, aus ihrem Rittersporrmeer an der Straßenböschung herübergeschwebt war, mit dicken Fußwickeln hatte sie sich durch das heiße Luftflimmern über dem Asphalt gepaddelt, trat jetzt meckernd mit ihren Wundfüßen nach den wimmelnden Kätzchen, die die Ruthfrau aus den Ärmeln zu schütteln schien. Ich bin auch eine Hexe, sagte die Ruthfrau, aber sie lachte dazu. Jetzt kaufen wir einen Swimmingpull, sagte sie, die Ausbeulung in Lacibácsis Hinterntasche würde sich in einen Swimmingpull verwandeln, jetzt würde ein lustiger Sommer anbrechen, und die Rittersporrhexe lachte süß, Mein Leben, sagte sie bettelnd, Évike mein Leben, schenk mir einen Knochen für meinen Hund!

Lacibácsis Verwandtschaft kam, wie immer, wenn der Schrott abgeholt worden war, schnauzbärtige Magermänner und frischfrisierte Schönflüsterer, Mundspitzkünstler, Taschenspielschüler, die großen Zwiebelkönige der Ebene, die Melonenschiffer der Entwässerungsgräben, hundescheu und katzenlieb, die Unterholzfäller im baumlosen Land der klirrenden Winter, die aus den kleinen vergitterten Gefängnisstübchen große Geschichten mitbrachten, sie und ihre schönen bunten braunhäutigen Frauen. Unversehens trieb Antal mit in dieser Wolke, auf dem Weg zur Neuen Frau, Antal, Antal, wo willst du hin, unser treuer Freund und Zwiebelwart?, flötete einer der Schönflüsterer. Antal sagte nichts, schwankte vorbei am menschenvollen Schrotttor von Lacibácsi, der ihm den Weg vertrat, Wohin mein guter Kamerad, sagte Lacibácsi, In welchen Wassern gehst du jetzt fischen, wann sehe ich dich im üdülő? Ich weiß es nicht, sagte Antal.

Die Verwandtschaft bestaunte den leeren Schrotthof. Ein Mann trat mit seinem spitzen Schuh an eine liegengebliebene Eisenspule, eine Feder, einen Deckel. Dinge, die nie wieder etwas sein würden als liegengebliebener Schrott, die alles Namenhafte eingebüßt hatten, namenlos am Rande des Nichts segelten, in einer Nebelbank aus säuerlichem Rostgeruch. Die Verwandtschaft wartete auf Bier und süße Getränke. Ich werde einen Swimmingpull bestellen, erklärte Lacibácsi allen, und ein Raunen ging durch die kleine Schar.

Tag um Tag harrte Lacibácsi vor seinem Tor der Lieferung des Swimmingpull, schattenstundenlang. In den heißen Stunden zog er sich hinter ein Fenster zurück, aus dem er die Straße beobachtete. Flinke Enkel und Neffen hatten dem Swimmingpull schon eine Heimstatt bereitet, zwischen zwei Ladaüberbleibseln, rot und staubblau, von denen Lacibácsi aus Gefühl nicht Abschied nehmen wollte. Zwischen diesen Ladaruinen zündete die Ruthfrau im Herbst ihre Feuer an, mittelgroße Laub- und Restefeuer, vor denen sie stundenlang in der Hocke verharren und in die sich glühend krümmenden und windenden, zu Licht, Hitze, Rauch, Schwärze werdenden Dinge blicken konnte. Truthähne stolzierten dort herum, sie kollerten schmutzigweiß und rosigbraun, einmal verirrte sich ein Pfau zu ihnen, den einer der Jungen gleich mit einem einzigen Griff an den Beinen packte und schnabelkopfunter die Straße hinauftrug, dorthin, wo der Pfau zu Hause war. Die Vögel in Lacibácsis Hof wurden in eine Ecke gezäunt, und der Swimmingpull kam an, leuchtendblau, ein großes rundes Becken, das nichts mit Staub und

Rost und Asche zu tun hatte, ein greller Fremdling zwischen den schiefen Zäunen der Hinterhöfe, und die Lastwagenfahrer, die auf der großen Straße vorbeifuhren, starrten und spuckten aus dem Fenster, wenn sie die Ruthfrau sahen, die mit geschlossenen Augen auf einer bunten Luftmatratze über den stillen Wasserspiegel trieb.

Lacibácsi griff nach der Hand seiner Ruthfrau im blauen Wasser, Ich fahre in den üdülő, mein Herz, mein Leben, sagte er, ich muss mich um die Kneipe kümmern, Rubin meines Herzens, und die Ruthfrau nickte der Sonne zu.

Zwiebeln

Das sind die Zwiebelmänner sagte Antal und zeigte mit dem Finger vom Absatz der Dachbodentreppe auf eine Schnurrbartgruppe in Lacibácsis Swimmingpull. Neben Antal stand die Neue Frau. Laute Musik kam aus dem Radio in Lacibácsis Hof, und die Ruthfrau in einem roten Handtuchkleid hockte zufrieden auf der rissigen Veranda hinter dem Haus, die Kätzchen saßen ihr in Nacken und Haar, sie hatten schon Krallen, mit denen sie sich in ihre Locken klammerten und schaukelten. Es war heiß, weißgrau kam die Hitze in diesem Sommer, fraß die Farben aus allem heraus, sogar aus dem Himmel, die Hexe saß in ihrer welken Rittersporninsel, ein schwarzer Fleck im Gestrüpp des Spätnachmittags, und die Ferkel des Polizisten zuckten mit aufgedrehten Schwänzchen aus ihren dunklen Verschlägen in die bebende Hofluft.

Es war Winter, als wir hierherkamen, sagte Antal. Einer sagte: Geh doch zum Lacibácsi, der kann dir Arbeit geben. Nein, sagte Lacibácsi, Um diese Zeit habe ich keine Arbeit für niemand als mich selbst, aber ich habe einen Vetter gegenüber, der macht in Zwiebeln. Der Vetter war Jimmy. So heißt er nicht, aber er nennt sich so, sagte Antal, Und alle nennen ihn auch so. Jeden Tag brachte Jimmy drei Säcke Zwiebeln, die wir schälen mussten. Wir hatten Zeit bis zum frühen Nachmittag. Wir saßen in der Küche und schälten Zwiebeln. Zuerst tränten die Augen. Dann brachte Jimmy uns den Trick mit dem Wasser im Mund bei. Mundvoll Wasser beim Schälen, man kann nicht reden, braucht nicht zu reden, was soll man beim Zwiebelschälen auch reden, so weint man weniger. Es war immer dunkel draußen, immer. Schnee fiel, der Wind raste. Kein Berg, der ihm im Weg stand. Unser Sohn ging zur Schule, kam heim, stand am Fenster in seinem Zimmer, sagte nichts. Er war noch klein. Vielleicht hatte er Heimweh nach dem Ort, aus dem wir kamen. Wir schälten und schälten. In unserem Haus gab es nichts, das nicht nach Zwiebeln roch und schmeckte. Sogar der Kaffee. Wir putzten uns die Zähne mit Zwiebelpasta, wir legten uns in Zwiebelbetten. Jimmy hatte hat noch zwei Schwager im Zwiebelgeschäft, das waren Jerry und Jocó. Nachmittags holte Jimmy, Jocó oder Jerry die geschälten Zwiebeln ab, wir schafften den Auftrag immer, meistens machte ich den größten Teil, ich kann ein guter Arbeiter sein.

Meine Frau trank zwischendurch Rum, Der brave Zwiebelrum, sagte sie, Der tut gut in diesem Zwiebelelend. Dann kam Jimmy und sagte: Komm, fahr uns mit den Zwiebeln, du bekommst mehr Geld. Jetzt war ich Fahrer. Ich fuhr einen kleinen grünen Bus. Die geschälten Zwiebeln lagen in Netzen auf dem Boden im Laderaum, im Schmutz. Mir tränten die Augen beim Fahren, den Zwiebelkönigen aber nie.

Wir brachten die Zwiebeln immer an die gleiche Stelle, sagte Antal, Ein Haus abseits der Straße, ein Betrieb für Eingemachtes, und ich bekam mein Geld. Über Jimmys Hof hing der Gestank wie eine Decke, die Zwiebeln lagen in großen Haufen im Hof, und das Wetter war wie eine kaputte

Maschine: Frost – warm – Frost – warm. Und so weiter. Nach jedem Frost stanken die Zwiebeln schlimmer. Bis nur noch faule übrig waren. Jerry wurde der Chef, und wir besorgten Brennholz. Ich war bloß der Fahrer, wartete im Auto an der Straße. Jerry und Jocó schlugen unterdessen im Unterholz Krüppelstämme und brachen Äste, legten dieses Bruch- und Schlagholz zu Haufen. Inzwischen lag Schnee, alles war blau und weiß, es war sehr kalt. Manchmal sah ich Rehe auf den leeren Feldern, auch Hasen, und viele Fasane. Beim Laden musste ich helfen. Einmal wurden wir erwischt und mussten auf die Polizeiwache. Ich bin unschuldig, sagte ich auf der Wache, Ich bin bloß der Fahrer. Wir saßen da bis tief in die Nacht, und ich musste zu Fuß nach Hause gehen. Die Zwiebelkönige bekamen Strafen, mir passierte nichts, ich hatte ja nur an der Straße gestanden. Aber ich bekam nicht das Holz, das mein Lohn sein sollte. Es wurde ein kalter Winterausgang, ich wurde krank, und meine Frau sagte: Jetzt wirst du alt. Dann bekam ich Arbeit bei der Stadt. Graben, Pflastern, Betonieren. Ich bin Maurer. Meine Welt sind Ziegel und Beton. Schnurgrade Mauern. Mörtelmischen. Das Dröhnen der Betonmaschine. Verputzen. Aber ich kann eigentlich alles.

Die Zwiebelmänner trockneten sich ab und grölten zur Musik. Dann brieten sie Hackfleisch auf dem Grill und fütterten die Ruthfrau damit. Damit du nicht vom Fleische fällst, sagten sie so laut, dass man es ringsum hörte.

Sie waren längst keine Zwiebelkönige mehr. In den überlappenden Schatten des Grenzlandgebüschs ließ sich immer neues Glück versuchen.

Zuckerfabrik

Der große Schornstein der Zuckerfabrik warf einen schiefen Schatten auf den schiefen Hof. Einen Morgenschatten, an dessen Rand die fleischwütigen Hunde ihre Zähne in blutleeres Altbrot schlugen, sie schäumten über Schimmelkrusten, Wurstpellen, Käserinde. Die große Hundearmut. Drei Frauen mit Eimern und Besen standen am Tor. Es war kühl vor Stille hinter dem Hundegebell. Sie rüttelten an dem Gitter, es hallte über den Hof, Fenster und Türen blieben geschlossen. Die Hunde rasten, eine Frau trat gegen eine Gitterritze mit gefletschter Hundeschnauze, Ildi, lass das, sagte eine andere, lass doch den Hund, Ildi, aber Ildi trat nochmal gegen das Gitter, die Hundeschnauze war verschwunden, zu den Wurstpellen zurückgekehrt. Die drei Frauen traten an die Ufermauer, unten trieb der Fluss, seicht wie ein Rinnsal, die borstige Brombeerböschung dürr, Sand- und Kieselbänke wie Brandblasen im braunen Wasser. Die Frauen rauchten. Schnipsten die Asche in die welken Brennnesseln jenseits der Mauer. Sie waren allein. Eine Straßenbahn fuhr über die Eisenbrücke. Die Fabrik lag grell im Morgen. Blau und gelb, dazwischen Schienen, schmale Schienen, in denen die Sonne sich stumpfweiß spiegelte. Früher waren kleine Waggons mit hochgetürmten Rüben von der Brücke bis in die Fabrik gerollt, früher, in der Großen Spielzeugzeit, als ein Schlüssel, der fast so aussah wie ein Herz mit zwei kleinen Löchern darin, die Welt beiderseits des Flusses so aufzog, dass der Weg von der erdbraunen Rübe bis zur weißen Zuckertüte glatt und makellos war, gesäumt von Pferden, Straßenbahnen, winkenden Fischern, beschürzten Reinmachfrauen mit klappernden Eimern, Arbeitern mit groß gewölbten Muskeln unter den blauen Jacken, mit Schnurrbärten und Lachmund, und Rauch bauschte sich weiß am Schornstein.

Niedriges gelbblütiges Unkraut spross zwischen allen Ritzen, ob Eisen, ob Stein, der Schatten des Schornsteins wurde kürzer, die Frauen schlugen mit den Eimern ans Tor, die Hunde rasten. Ein Mann mit Mütze stand in der Tür vom Pförtnerhaus, was sollte diese Mütze, vielleicht eine Sonnenmütze, gegen das grelle Licht dieses Sommers, das die Haarwurzeln auszehrte, die Hitze, die durch den Schädel drang, eh man sich versah? Eine Aufsehermütze, die die Augen zum Schweifen über leeres Gelände beschattete.

Geht weg! rief er, Geht nach Hause! Alles dichtgemacht!

Die Hunde kläfften jetzt hell zwischen dem Mützenmann und den Frauen hin und her.

Er kam ans Tor, ein Fremder, aber die Hunde kläfften spitz und wild, als hätten sie im Laufe kürzester Zeit gelernt, ihn zu lieben, er warf den Hunden Fleisch vor, und Fliegen sammelten sich in Schwaden aus dem Nichts, summten über den knurrenden Ohren der Hunde, die die Brocken im Flug schon rissen. Fffitt, sagte der Mützenmann, der ihnen so fremd war, mit dem Arm schnitt er quer durch die Luft, Hier wird alles abrasiert, sagte er.

Die Frauen nickten. Der Schornstein würde fallen, Hunde und Mützenmann unter sich begraben. Baggerzähne würden Pflasterstein, Schienen und gelbblütiges Kraut aus der Erde fressen, die gelben und blauen Mauern stumm und langsam in sich zusammensinken, die Wucht des Zusammenbruchs würde die Eisenrahmen der Fenster verziehen und die Scheiben splittern lassen, die Uferpappeln am Rand des Fabrikgeländes mit in den Schutt reißen, ein herrliches Trümmerfeld würde entstehen, über das man hinwegschauen könnte bis ins weite Land, in fernere Ortschaften, zu den holprigen Straßen, an denen die Häuser der Frauen lagen, wo ihre Hühner in staubigen Höfen pickten, der Sommer reglos hing, klebrige Fetzen zwischen Tor, Schuppen, Brunnenschwengel, dem wütend rankenden Wein der Veranda. Ein Trümmerfeld, über das mit langsamen Schritten die Sammler schweifen würden, die scharfäugigen Geduldigen, die immer suchen, Frauen mit langen Röcken und großen Körben, Männer in breitkrempigen Hüten, in spitzen festen Schuhen, mit denen sie Ziegel und Putzbrocken beiseiteschieben konnten, um das zu finden, von dem sie selbst noch nicht wussten, dass es existierte, die Schatzsucher der neuen Welt.

Die Frauen gingen über den Brennnesselpfad. Er war eng und stank. Auf der einen Seite die Ufermauer, auf der anderen die Mauer um das Fabrikgelände. Ein Düsterpfad mit altem Pappelschaum und besudelten Kleiderfetzen, am Ende ein Müllfeld, wo stets kleine Feuer glommen, gehütete Feuer in der Nachbarschaft übellauniger Männer, die ihre kleine Feuerschar versorgten, farblose Flackergruppen über dem Boden, unsichtbare Flammen, die die Sonne verzehrte, während die Flammen ihrerseits den Kunststoffmantel um Drähte verzehrten, Kupfer für den Schrott- und Altmetallhändler, bescheidene Tageseinkunft für Hungerkünstler, die dem Schnaps freund waren.

Die drei Frauen saßen in einer Kneipe, Sonne im Rücken, zwischen fernen Pappeln stak der ferne Schornstein in den mittagsgrauen Himmel, sie tranken langsam, eine Hand abwesend um Besen und Eimergriff gelegt, die Instrumente ihrer verblühten Tätigkeit.

Katica, sagte der Kneipenwirt und langte der größten von ihnen an den Hals, Katica, mein Edelstein, was kommst du so früh, noch hat der Wind meine Stube nicht leergeblasen.

Katica biss ihm in den Finger, der Wirt grinste, aller Frauen Lippen lagen müde und faltig um die Strohhalme. Das Radio spielte ein Lied, das alle kannten, und sie summten fast unhörbar mit. Alte Schnulze, sagte der Wirt und drückte auf die Austaste. Eine Frau lachte im Hinterzimmer. Wind kam auf. Wie heißt du, fragte der Wirt die jüngste Frau, Kriszti, sagte sie, hast du Arbeit für mich? Vielleicht, sagte der Wirt.

Auf dem Heimweg folgte ihnen ein Hund. Langsam trabte er hinten ihnen her, vorbei am weißen Friedhof, im süßen Lindenschatten, durch die rosaroten Malven, So viele Rots wie sie im Buche stehen, sagte Katica, Alle Rots der süßen Welt.

Ein sandfarbener Hund mit einer großen schwarzen Nase, die den Frauen immer näher kommen wollte, ihren nackten Waden, den schmutzigen Füßen in den Schlappen mit letzten Spuren von abgeblättertem Glitzer, ihren ausgebeulten Dreiviertelhosen, ihren Trage- und Baumelhänden. Hunde sind wie Männer, sagte Kriszti. Nein, sagte Katica, das stimmt nicht. Nichts ist wie was anderes. Oder alles ist wie alles. Bäume wie Blumen und Hunde wie Hasen, und Männer wie Hasen und Frauen wie Hunde, und Hasen wie Blumen. Ildi bückte sich nach einem Stein und hob die Hand, der Hund scheute weg, buckelte sich mit geducktem Kopf durch die Malven auf die Straße, vor ein rotes Auto, man hörte fast nichts, das Auto schlenkerte zur Seite, und die Frauen gingen weiter. Erst bewegte der Hund noch die Beine, dann lag er ganz still. Es war Mittag, und der heiße Wind trug Staub herbei.

Nachbarn

Hast du Heimweh? fragte die Neue Frau, nein, sagte Antal, nur nach meinem Hund, ich habe einen kleinen schwarzen Hund, der um mich trauern wird. Antal ging mitten im weißen Mittag nach Hause, schlich durch die Schattenlosigkeit, um seinen Hund zu begrüßen, seine graue Hofluft zu riechen, sein Federvieh zu zählen, dem Pfauenerbe seiner Mutter Worte zuzuflüstern, die niemand kannte.

Nachbar Zoli der Eisenbahner saß auf einer schattigen Bank in seinem Garten und hielt das Gartentor im Auge, an den Baum gelehnt stand seine Untergebene Krisztí, Gelegenheitsputzhilfe im Wartesaal des Bahnhofs, die Zigaretten über die Grenze schaffte, Zolis linke Hand spielte mit der Bundschleife ihrer Hose, direkt unter ihrem Bauchnabel, seine rechte Hand hielt die Zigarette, an der die Asche lang wurde, der fleckige Laubschatten regte sich auf ihrer Haut. Hallo Antal, sagte sie, Bist du nicht mehr bei der Neuen Frau? Doch, sagte Antal, Ich habe was vergessen. Zolis Hunde schlugen an, hochstimmig, weiße Pudel, Lehdi!, herrschte Zoli sie an, Lehdi! King! Lehdi! King!, die Pudel gaben keine Ruhe, Lehdiking!, rief Zoli immer lauter, Lehdiking!, bis die Pudel plötzlich schwiegen, mit erhobenen Vorderpfoten und bebenden Schwanzstummeln am Zaun stehenblieben. Krisztí wischte Zolis Hand vom Hosenbund, die Adern saßen dick und blau auf seinem Handrücken, als hätten sie sich erschöpft darauf niedergelassen, Krisztí rieb sich den weißen Bauch.

Deine Frau ist in der Bar, sagte Zoli rotgesichtig und vorwurfsvoll, er sagte gerne Bar zu der Kneipe mit seiner drallen Frau Moni darin, ein holzverkleidetes Schummerstübchen, wo es immer nach Fäulnis roch, das Grundwasser steht hoch in den sumpfigen Ebenen. Wir haben auch Gäste aus dem Ausland, sagte Zoli, und Antal stand wortlos da, starrte auf die blassen Krisztíarme und die weißen Hechelpudel, hörte seinen eigenen kleinen schwarzen Hund hinter dem Eisentor ihm entgegenweinen, der witterte ihn schon, hörte ihn bei den weißen Pudeln verweilen und wimmerte durch die Ritzen. Die Sehnsucht von Mensch und Hund.

Zolimoni, sagte Antals Frau gerne, wenn sie etwas erzählte, oder Monizoli, dort hing sie am Tor und an der Theke und lauschte den Hoffnungen, die an Kneipe und Eisenbahn geknüpft waren, lauschte den langen Zahlenreihen, die von hier bis in die ferne Zukunft reichten, gesäumt von den herrlichen Inbegriffen des Wohlergehens, deren Name allein schon manchem Herzen schmeicheln konnte. Monizoli nahmen Gäste auf, wenn es Zimmer zu vermieten galt, die Gäste zahlten für durchschwitzte Nächte in knappen Kinderbetten, umringt von blassfarbenen Plüschtieren, im kindlichen Dunst heißer Sommer. Zufällig Durchreisende, Sucher, Forscher, Heimatverlorene, die durch das hüfthohe Gras fremder Friedhöfe wateten und hofften, auf einen Namen zu stoßen, der wie der ihre war, oder zumindest eine Erinnerung weckte, und sei es auch nur an eine andere Erinnerung. Jetzt waren zwei Engländer bei Monizoli, sie verstanden kein Wort von dem, was ringsum gesprochen wurde, zwei Herren mit Strohhut in weißen Shorts und weißen Hemden, die durch die Straßen streiften, in zärtlicher Bewunderung die Finger über ihr Straßenschild »Puskin-utca« gleiten ließen, den Pudeln schmeichelten und der drallen Moni ihre Aufmerksamkeiten erwiesen. Die beiden Gäste stiegen ahnungslos über Stacheldrähte auf fremdes Gelände, beugten sich über ausgetrocknete Brunnenschächte und steckten die Köpfe durch Spinnweben in das vergessene Halbdunkel langsam in sich zusammensinkender Häuser und Schuppen. Sie schlugen sich zu abgelegenen Totenäckern durch und rissen gieriges Efeu von den grauen Grabsteinen, suchten mit Händen und Zungen nach Buchstaben und Zeichen, ließen sich von argwöhnischen Ordnungshütern stellen, die allem auflauerten, das sich im Unwegsamen bewegte. Die Engländer bezogen Hitzezuflucht in der Nähe williger, freundlicher, rundlicher Frauen, wetteiferten um ihre Nähe und Greifbarkeit, setzten ihre Panamahüte aufs Meer der fremden unverständlichen, unbegreiflichen Worte, aber das Meer wollte sie nicht, sie segelten nicht hinaus in Richtung Horizont, sondern rutschten nur kläglich auf der Zungenspitze der fremden Brandung an einem öden Ufer hin und her. Wenn es dunkel war, kehrten die Gäste zurück zu Monizoli. Der Mond schien, es war ein gewitterloser Sommer, in dem sich jedermann schlaflos in verschollen gewähnten Ängsten wälzte. Hunde kläfften, die Frösche quakten um ihr Leben in den grünschlammigen Entwässerungsgräben, Grillen zirpten schrill. Wenn Wind aufkam, war es wie ein versammelter schwerer Atem aus unstillbar hungernden Kehlen, und die verbrauchten Glühbirnen der

Lichterkette im Baum klirrten. Zoli erwartete seine Gäste in der Hollywoodschaukel, Lehdiking fügsam zu beiden Seiten der Gartenpforte gebettet. Die Engländer setzten sich neben den Gastwirt und schaukelten leise, die Hände sanft um ihre schläfrigen Panamahüte gelegt, und versuchten ratlos zu begreifen, was Zoli ihnen in Lauten, Gesten, wechselvollen Blicken und unverständlich fremden Worten beschrieb.

Der Abschied kam, ein dunkelblauer Abend wie alle anderen, und auf der Hollywoodschaukel rechnete Zoli ihnen vor, was sie schuldig waren, für unbotmäßig Verschlungenes, Demoliertes, Besudeltes, von dem sie nie gehört hatten, Dinge, die sich die Fremden, selbst wenn sie der hiesigen Sprache mächtig gewesen wären, in ihren Worten gar nicht hätten ausmalen können und – vielleicht in Ahnung der gierigen Schläue, die den vielen Zahlen in jedem Bückelchen saß – anstandslos bezahlten. Das ging in Monizolis üdülő-kasse, mit diesen kleinen Belehrungen Fremder sollte sich eine Große Erholung zusammenklingeln, ein lässiges Dahingleiten am Ufer des Sommers. Nicht ahnten sie, dass der rotwangige Zoli noch vor dem nächsten Vollmond in einem rasenden Anfall von Wut über die selbstdenkerischen Anmaßungen der Pudel Lehdi und King diese mit einem Streich hinstrecken und anschließend selbst an einem Schlaganfall das Laufen, Schaukeln und Zählen verlernen würde.

Im Morgengrauen fuhr Zoli die ausländischen Gäste zur Bushaltestelle, sein Gesicht war grau wie der Himmel, er war klein in der großen Stille des Dämmers und hob zaghaft die Hand vom Steuer zum kleinsten aller Abschiedswinker, er war in keinerlei Anmut zu Hause.

üdülö

Lacibácsi wischte die Gläser sauber. Die Tassen und Flaschen, die Teller, Löffel. Alles auf seinen Platz. Sommer. An
Werktagen blieb es noch still im üdülö, aber in der Kneipe
roch es schon nach der Hinterlassenschaft des Wochenen-
des: verschüttetes Bier, Schweiß, die Sommerparfums der
Mädchen, die Auspuffwolken der Motorradfahrer und hilflose Chlorbleiche mit Urin. Über der Flussbiegung erschienen
mittags Wolken. Der Himmel wurde weiß, der Fluss dunkel,
die Hitze wich nicht, wurde dicht, grell, die Pappelblätter
raschelten, hörten sich an wie flirrende Vogelscheuchstreifen
aus Metallfolie. Hellgrau lagen die Kähne am Ufer, reglos, er-
starrt zu einem Flusspanorama, aus dem sie erst ein heftiger
Windstoß oder die Hand eines Anglers oder Ruderers er-
wecken würde.

Eine Frau kam in Lacibácsis Kneipe. Sie trug einen
schwarzen Minirock aus Leder und eine schwarze Lederjacke.
Ist dir nicht zu heiß, fragte Lacibácsi, die Frau sagte nein. Sie
bestellte eine Cola. Ich kenne mich hier nicht aus, sagte sie.
Ich weiß, sagte Lacibácsi, denn sie gehörte nicht an einem
Werktag in den üdülö. Möglicherweise hatte sie den Lkw-
Parkplatz verfehlt, oder war von dort geflüchtet, von der
großen Autostraße an der Brücke quer durch das struppige
Gehölz bis ins Schwemmland, ein großer schwarzlederner

und bauchweißer Käfer im Dickicht, vielleicht auch mit verschmiertem Lippenstift, den sie inzwischen abgewischt hatte. Sie trank ihre Cola. Komisch, sagte sie, kein Hochwasser diesjahr, schon Sommer.

Hitzejahr, sagte Lacibáci fistelnd, sein Kehlkopf hatte einen schlechten Tag. Die Erde platzt, wir stolpern in die Risse. Diesjahr gibt es keine Ertrunkenen, nur Verbrannte. Die Sonne macht uns blind.

Und nachts?

Nachts kommen alle Träume aus dem Sandsatz und Kies zurück, die wir hier geträumt haben, sie kommen aus dem ganzen bloßliegenden Muschelmutt gekrochen, wieder dahin, wo sie hergekommen sind.

Die Frau stellte sich ans Fenster und sah hinaus. Dann setzte sie sich. Es war ganz still in der Kneipe, manchmal knirschte und ächzte das Leder ihrer Jacke oder ihres Rocks, wenn sie sich bewegte. Lacibácsi stellte das Radio an. Die Frau summte die Schlager mit, manchmal bewegte sie den Mund dazu. Sie hielt ihre kleine Handtasche mit beiden Händen umfasst und starrte hinaus, als käme gleich ein Zug, in den sie einsteigen wollte.

Wie heißt du? fragte Lacibácsi. Krisztí. Ich heiße Krisztí, sagte die Frau. Auf meinem Hintern habe ich eine Rose tätowiert.

Dafür kannst du dir nichts kaufen, sagte Lacibácsi. Krisztí zuckte mit den Schultern.

Zwei Leute setzten sich an einen Tisch vor der Kneipe.

Ah, Antal und die Neue Frau, sagte Lacibácsi.

Die kenn ich auch. Krisztí stand auf.

Antal kommt gern in den üdülő, sagte Lacibácsi. Jetzt

bringt er auch die Neue Frau mit, und sie sitzt da wie ein Stein, als ginge sie nichts was an.

Die Welt ist klein. Kriztí nahm einen Kamm aus ihrer Tasche und kämmte sich die Haare. Ich könnte bei dir arbeiten, sagte sie zu Lacibácsi.

Antal bestellte eine Cola und ein Wasser. Hallo Lacibácsi, sagte er. Wie geht es meinem Swimmingpull?, fragte Lacibácsi.

Später legten sich Antal und die Neue Frau auf ein fahles Wiesenstück am Fluss. Sie blickten zu den weißen Turmwolken am Himmel, während es ringsum lauter wurde, Antal rauchte, die Neue Frau sah sich um. Familien kamen, bildeten einen geschlossenen Ring um ihre Kühlkoffer und Kleingrills, Rauch brenzelte, Woistdasfleisch, hieristdasfleisch hieß es allenthalben, gibdasfleisch, lassdasfleischnoch, Kinder weinten, lachten, balgten sich, Hunde sprangen davon und wurden zurückgepfiffen. Antal schwamm im Fluss, und die Neue Frau sah ihm hinterher. Er schwamm weit hinaus, fast bis zu der kleinen Auwaldinsel mitten im Fluss, er winkte ihr einladend zu, sie schüttelte den Kopf, dann fischte er Muscheln aus dem seichten Wasser und brachte sie ihr. Ein paar waren noch lebendig, glänzende pulsierende Weichschwellungen zwischen den mattschimmernden schwarzweißen Tellern. Die Angst der bloßen Kreatur, sagte die Neue Frau. Die braucht nicht mal ein Gesicht. Antal warf die lebenden Muscheln zurück. Die anderen packte er ein. Aschenbecher, sagte er. Das werden prima Aschenbecher.

Kriztí wusch die Gläser in der Kneipe, Lacibácsi saß in einer dunklen Ecke, die Hände vor sich auf dem Tisch gefaltet. Die Neue Frau guckt immer nur, sagte Krisztí. Sie guckt und guckt, als wäre die Welt ein Fernseher.

Sie ist fremd, sagte Lacibácsi schief vor Heiserkeit. Eine Abteilung Kozakjungs umringte Antal. Männer in kurzen Hosen, mit glänzenden Oberkörpern und Narben, weißen Wülstchen in ihrer braunen Haut, wo das Leben sie gebissen hatte, wo die Kozakwut zu wild oder zu spät gewesen war. Sie klopften sich alle gegenseitig auf die Schulter, schubsten Antal freundschaftlich hin und her, willkommen im üdülő, lachten sie, Jetzt fängt der große Sommer an, komm öfter, alter Freund, wir machen es uns lustig hier. Einladend umfassten sie mit ihren Gebärden die Liegewiese, den Fluss mitsamt der Auwaldinsel und den Sandbänken im seichten Sommerwasser, den dürrschütteren Grenzwald, Lacibácsis Kneipe mit der weißen und schwarzledernen Krisztí, die in der Tür unter dem halb zur Seite genommenen bunten Plastikschnurvorhang stand, als wäre sie immer hier gewesen. Antal grinste betreten und geehrt von so viel Kozakaufmerksamkeit, er fühlte den scharfen Glanz ihrer Kulleräuglein sein ganzes Dasein streifen, die Könige des üdülő. Wo ist denn euer Laci, fragte er verlegen, eine Frage war besser als keine Frage, Ah, unser Laci, unser Laci, riefen die Kozakjungs durcheinander, Unser Laci ist jetzt ganz groß, bei Schlagerradio!

Zur Nacht legte sich Krisztí auf das zweite Bett in Lacibácsis Zimmer hinter dem Gastraum der Kneipe. Ich will nichts von dir, sagte sie zu Lacibácsi, Ich weiß, sagte er. Im Dunkel hörte man die Lastwagen auf der großen Brücke und bei Südwind auch die Kiesschütte, ein ganzes Stück weiter flussaufwärts, wo der Uferwald sich langsam in verlassene Weingärten verbiss. Die Kiesschütte hörte sich an wie ein fernes rasselndes Atmen, das die Nacht umschloss. Das Atmen zog durch das Dunkel, verstummte, hinterließ den üdülő allein, verwaist, in der feuchten großen Handmulde der Nacht.

Flüsse

Die Flüsse liegen heimlich im Land, von Waldwülsten gesäumt, das Wasser schiebt sich unter die Bäume, die Bäume
neigen sich über das Wasser, das ganze Gelände um den
Fluss eine einzige unentwirrbare Trügerischkeit, die Grenzen
zwischen Gebüsch und Flussbett verwischt. Was gehört zum
Fluss, was zum Land? Die Hochwasser kommen schnell und
leise. Der Fluss schwillt an, im Laufe einer Nacht legt er das
Scheinkleid seiner Sanftheit ab, tritt über die Ufer, schwappt
über Dammkronen, reißt Dinge, Tiere, Menschen mit sich
fort. Die Landschaft verändert sich unter Sog und Schub des
Wassers. Himmel, Wasser, verstörte Baumkronen, hilflose
Hausdächer so weit das Auge reicht. Dann schleicht sich
der Fluss zurück in seinen sanften Lauf, sickert lieblich zwischen dem kreuzundquerstakenden, verwüstet wuchernden
Ufergebüsch dahin, spiegelt den Himmel und die Sonne, hat
das Entrissene längst heimlich im Gestrüpp abgelegt, wo es
sich verwandelt, Vermisste werden erst zu fauligen Hinder-
nissen, um die sich das Ungeziefer von Ufer und Flutwiesen
in großen Wolken sammelt, dann zu hellen Hohlkörpern,
durch die der Wind bläst, die leise Musik der Schwermut, die
hier stets im Unterholz lungert.

Die hiesigen Flüsse, die weißen, schwarzen, schnellen,
trockenen, sind wie die Schlangen, sagt man hierzulande, sie

sind tückisch und schön, sie liegen im tiefen Gebüsch und tun, wie es ihnen beliebt.

Trotzdem will jeder sie lieben, vor allem Angler und Flüchtige, Fährenfahrer und Lebensüberdrüssige, all die Wasserlustigen in einem Land, das fern von jedem Meer liegt. Die Angler wühlen sich Kuhlen in die Böschungen und sitzen tagelang zwischen den Bäumen, reglos schweigend, starren auf den Schwimmer und das Wasser, bis sie manches vergessen haben, was ihnen nie wieder einfallen wird, machen sich schließlich mit ihrer stumpfschuppigen Beute davon, Eimer voll mit Fischen, die aus dem Schlamm gerissen worden sind, schnauzbärtige Wesen, die die Reste der unverdauten Hochwasserbeute im Bauch tragen, Zähne, Schmuck und Schlüssel, von den Flüssen haben wir die Gier gelernt, heißt es auch.

Im unsicheren Auland, längs der Flüsse, wo stets alles fortgerissen werden kann, da kommt man zusammen, baut seine Stelzenhäuschen und Laubenbuden, starrt auf das Wasser, lauscht in die Nacht, gedenkt der Ertrunkenen und blickt jeden Tag verstohlen am Ufergebüsch entlang auf der Suche nach Schatten, Strandgut in den sperrigen Zweigen. Geduldig räumt man indessen den Frühjahrsschlamm aus den Betten, lüftet die Kissen, Decken, Matratzen, in denen der Fluss gewohnt hat, wartet auf die Trockenheit, und weiß, dass man in diesem Bettzeug nie mehr von etwas anderem träumen wird als vom Fluss.

Einen Sommer über häufen sich die Gerüchte über Unglücksfälle und Abhandengekommenes. Im üdülő macht sich Unruhe breit; sie gilt den bereits eingetretenen Unglücken ebenso wie den geahnten, erwarteten, die die Rechnung über die erfahrungsgemäße Unglücksmenge eines Sommers aufgehen lassen. Erst wenn diese sich rundet, kehrt allmählich Ruhe ein, die beschauliche Ruhe kühlerer Abende, in denen man sich des eigenen Verschontwerdens freut.

Antal

Als ich klein war, fuhr ich jeden Sommer zu den Großeltern an den Szamosfluss. Der Fluss führte im Frühling oft Hochwasser. Früher wurden ganze Dörfer weggeschwemmt. Meine Großmutter hatte eine Schwester im Fluss verloren, und jeden Sommer erzählte sie, wie sie am Ufer gesessen und geweint hatte, Tag und Nacht, bis man die Schwester fand. Weiter stromabwärts hat der Fluss sie im Ufergebüsch abgelegt.

Einmal habe ich gespielt, dass ich ein Schwein bin. Gut, hat meine Großmutter gesagt, Dann musst du in den Schweinestall. Den ganzen Tag habe ich im Schweinestall gesessen, und meine Großmutter hat mir Essen gebracht. Am Abend hat sie gesagt: Morgen, kleines Schwein, morgen wirst du geschlachtet.

In meiner Heimatstadt gab es keinen Fluss, nur Hügel, weiße Felsen, die im Sommer sehr heiß wurden, dann lagen die Schlangen in den Mulden und sonnten sich. Meine Mutter arbeitete in einer Großküche. Abends brachte sie mit, was übrig war, Schnitzel und Würste und manchmal auch kleine Kuchen. Ich erinnere mich an einen kleinen Kuchen aus grünem Gelee, in der Mitte steckte eine Walnuss. Zwischen den Nusshälften war eine weiße Creme. Dieser Kuchen hieß Palermo. Bring mir einen Palermo mit, sagte ich immer,

Ach, hoffentlich bleibt bald noch mal ein Palermo übrig. Immer wartete ich auf den Palermo, aber so einer war selten bei den Resten.

Ich habe Maurer gelernt, da war ich fünfzehn. Später war ich bei den Soldaten, dort hatte ich gute Kameraden, wir haben sehr zusammengehalten. Aber einer hat sich umgebracht, er ist aus einem oberen Stockwerk gesprungen. Er war nicht sofort tot, es hat etwas gedauert. Erst Tage später hieß es: Der Soundso ist jetzt tot. Niemand weiß, ob er nochmal aufgewacht ist und vielleicht gesagt hat, warum er das gemacht hat. Wie kann sich ein Mensch nur umbringen? Das habe ich mich lange gefragt, aber darauf gibt es keine Antwort.

Nach der Armee habe ich meine Frau kennengelernt. Sie hat in einem Möbelgeschäft gearbeitet, gleich neben dem Block, wo wir gewohnt haben, aber das war ein Zufall, wir sind uns in einer Kneipe begegnet. War ich damals glücklich? Ich weiß es nicht. Ich habe gutes Geld verdient, in Italien. Wir waren eine Baubrigade, die in Italien arbeitete, wir hatten einen italienischen Hauptmann, der uns die Baustellen zuwies. Wir arbeiteten den ganzen Tag, und abends schloss der Hauptmann uns ein. Wir schliefen in einem Haus, das nie fertig wurde, es hatte nackte Wände und Betonböden, und nur ein paar Klappbetten und Stühle standen darin. Auch im Sommer froren wir da, wegen all dem Beton. Ein Tisch, eine Kochplatte, ein Balkon ohne Geländer. Das Haus stand unter einer Autobahn, und die ganze Nacht hörten wir die Autos über uns rauschen, wir wussten nicht wohin und woher, immer nur dieses Sausen und Rauschen durch die große leere Nacht, der Mensch weiß nicht mal, wo er selbst sich befindet, davon kann das Heimweh sehr groß werden. Wenn wir an einer Baustelle fertig waren, lud uns der Hauptmann zu einem großen Essen ein, danach fuhren wir nach Hause, bis der Hauptmann wieder anrief. Er rief immer mich an, weil er meinen Namen so gut aussprechen konnte. Aantali, rief er ins Telefon, Aantali, Arbeit!

Ich habe damals viel gespart, und später kauften wir eine Kneipe, das war der Wunsch meiner Frau. Mit einer Kneipe sind wir gemachte Leute, sagte sie. Unser Sohn war noch klein. Es war eine Stadtrandkneipe, sie lag da, wo die Gruben gewesen waren, da schlug früher das Herz unserer Stadt. Aber die Gruben wurden geschlossen. Es gab keinen Bergbau mehr. Es wurde ausgestorbenes Gelände, sogar die Bushaltestellen haben sie abmontiert, als sollte man nicht mehr sagen oder sich denken können: Aha, hier sind sie früher ein- und ausgestiegen. Busse fuhren nicht mehr. In den Bergmannshäusern wollte niemand mehr wohnen, sie standen leer, später kamen Zigeuner und zogen ein, aber Zigeuner sind keine gute Kundschaft.

Wir haben alles hinter uns gelassen. Die Gräber von meiner Mutter und meinem Bruder, der auch schon tot war, Herzinfarkt, dreißig Jahre, wir haben alle hohen Blutdruck, der drückt uns manchmal den Verstand aus dem Kopf, und mein Bruder hat viel getrunken. Einmal im Jahr fahre ich an die Gräber, dann mache ich sie sauber, und ich setze Blumen drauf, immer Plastikblumen, verwelkte Blumen sehen so hässlich aus, und das ganze Jahr müssen sie ja aushalten. Wenn ich wiederkomme, sind sie immer ganz blass und fast farblos geworden, auch an ihnen geht das Jahr nicht einfach so vorüber.

Warum bin ich hierher gekommen? Ich weiß es nicht. Es war weit weg. Aber ich bin hier krank geworden. Mein Kopf wurde leer wie dieses flache Land. Ich sah aus dem Fenster und sah nichts. Was ist das für ein Land?, habe ich manchmal geschrien, Ein Land, in dem nichts ist! Meine Frau hat angefangen zu trinken. Sie hat auch früher schon getrunken, aber da hat sie das im Griff gehabt. Ich kann aufhören, wenn ich will, hat sie gesagt. Wenn ich gesagt habe, ich gehe, hat sie aufgehört, wenn ich nicht gegangen bin, hat sie wieder angefangen.

Im Sommer sind wir in den üdülő gefahren, dort gefällt es mir. Da ist der Fluss, mein Kopf kommt zur Ruhe. Ich angle gern. Im üdülő ist immer was los, da sind auch Bekannte, meine Nachbarn, die Kozakjungs, für die arbeite ich viel.

Meine Frau habe ich verlassen. Ich bin weggegangen, zu einer anderen Frau. Zuerst habe ich für die Neue Frau gearbeitet. Ich habe auf meinem Gerüst gestanden und sie mit den Blicken verfolgt. Sie lebt ein anderes Leben als man es hier kennt. Sie spricht eine andere Sprache als wir. Wenn ich abends zu meiner Frau und meinem Sohn nach Hause ging, dachte ich an das Leben der anderen Frau. Dann spürte ich eine Leere in mir. Nichts konnte mir helfen, mein Sohn nicht, mein kleiner Hund nicht, die Pfauen nicht. Öfters ging ich spätabends an ihr Haus und sah durch die Fenster in die hellen Zimmer. Das war wie ein Film, in dem nichts geschieht, und trotzdem bleibt man sitzen und guckt, weil man nicht anders kann, und man wird diesen Film nie vergessen.

Jetzt geht es mir gut. Mit der Neuen Frau lebe ich ein neues Leben. Meinen Sohn treffe ich jeden Tag. Mir fehlt nur mein Hund. Mein kleiner Hund, der weint um mich. Und meine Pfauen fehlen mir, aber die werde ich holen.

Jetzt fahre ich mit der Neuen Frau in den üdülő. Sie versteht nichts von diesem Leben, aber das wird sie lernen. Sie sitzt im üdülő wie ein Fels, ein kleiner Fels in dieser Landschaft aus Dreck, wo es keinen einzigen Berg und keine Handvoll Gestein gibt, geh bloß nicht schwimmen, habe ich zu ihr gesagt, Du wirst sinken wie ein Stein, solche wie dich kann dieses Wasser nicht tragen, daran ist es nicht gewöhnt.

Pfauenhaus

Die Abende rochen nach Nachtviolen. Hunde bellten, rissen an ihren Ketten, warfen sich vor die Hoftore, heulten aus ihren Hütten. Später, schon nachtwärts, wurden die rasenden Unterhaltungen der Hunde leiser, die Nachtigallen sangen, ferne Rohrsänger. Streitfetzen trieben durch die Luft, Gesang, trunkenes Toben und Klagen. Jenseits der großen Straße, nicht weit von Lacibácsis Schrotthof, hatte eine neue Kneipe eröffnet. Der Name ALIBI stand über dem Eingang, so eng, dass man das I in der Mitte kaum sah, und im blauen Licht der Schrift, das sich in den Fensterstreifen zwischen zerbrochenen Rollläden im gegenüberliegenden Haus spiegelte, torkelten, rangen und heulten die Gewinner und Verlierer, die sich an die Spielautomaten verschwendet hatten, Frauen in hochhackigen Klackersandalen gerieten sich in die Haare. Von Zeit zu Zeit schnitt ein wunder Laut aus großer Entfernung durch die Nacht, das sind meine Pfauen, sagte Antal dann. Meine Pfauen, die nach mir rufen, einziges Erbstück meiner verstorbenen Mutter.

Ich kenne Pfauen nur aus einem Park, erzählte die Neue Frau, sie schrien im grauen feuchten Dämmer, da war es schon Herbst, es regnete, die Pfauen waren grau, blau und langsam.

Meine Mutter hatte einen langsamen Tod, sagte Antal. Während sie starb, betrachtete sie immer nur die Pfauen.

Der Sommer war so heiß wie jetzt. Sie saß am Fenster und schaute hinaus und konnte kein Wort mehr sagen, weil ihr der Krebs in den Mund wuchs. Die Pfauen stolzierten im Hof und pickten nach allem, schrien aber nie, sie waren stumm wie meine Mutter.

Die großen rosa Mohnblüten hingen hell in der Nacht. In der Sommerhitze verblühte der Mohn schnell. Die Blüten gingen auf und rieselten nach ein, zwei Tagen schon ab. Die Kapseln mit den Mohnkörnern blieben stehen und vertrockneten, standen starr gegen den Himmel.

Ich werde ein Pfauenhaus bauen, erklärte Antal. Wenn ich abends komme, sehe ich den Pfauen zu.

Die Neue Frau schwieg, horchte in die Nacht, auf diese Rufe, weit weg, die etwas in die dunkle Luft rissen, ein Loch für das Schweigen, ein Loch für das Namensscheue.

Tag für Tag traf sich eine große Hallo-Gesellschaft im Swimmingpull. Kinder schrien und lachten, danach kamen die Erwachsenen an die Reihe. Die Ruthfrau saß auf der Veranda und drehte das Radio lauter, wenn ihre Lieblingslieder kamen. Die Zwiebelmänner hielten Geschäftsberatungen im Wasser, im Hof sammelte sich langsam wieder Schrott. Keine großen Gegenstände, Lacibácsi war nicht da, um sie zu verwalten, nur kleines Gerät zu unkenntlich gewordenen Zwecken traf ein, Bruchstücke voll Rost, die eines gemeinsam hatten: Den scheppernden Klang, mit dem sie aneinanderstießen, wenn sie auf dem Haufen landeten, die kleine Schrottsprache, in der sich all das Weggeworfene verständigte.

Die Ruthfrau winkte der Neuen Frau zu, wenn sie sie auf dem Treppenabsatz vor dem Dachboden stehen sah, und die Neue Frau blickte betreten in den Hof des Polizistennachbarn, als fühlte sie sich ertappt. Im Polizistenhof japste der Faltenhund im Schatten, die kleinen Mädchen saßen im niedrigen Apfelbaum und starrten auf den Swimmingpull. Sie trugen rote Badeanzüge, als erwarteten sie, gleich zum Schwimmen eingeladen zu werden, dabei hockten sie doch im Verborgenen und flüsterten sich nur zu, was sie sahen oder dachten, bis die Großmutter sie aus dem Baum schüttelte.

Schafe blökten am Vorstadtrand, der rumänische Pope hütete seine Herde im Sommer selbst und führte sie draußen, am Rand der Häuser entlang, jenseits der Straße weideten sie im sommerfahlen Gras und sahen aus wie kleine Aufwerfungen, bewegliche kleine Hügel zu Gast in der Ebene, umsprungen von einem schwarzen Hund. In der größten Hitze suchten sie den spärlichen Schatten der Bäume auf, drängten sich aneinander, um noch vom gegenseitigen Schatten zu kosten, während der Pope an einen Baum gelehnt saß und auf seinen weißgleißenden Friedhof in der Ferne schaute, oder auf den Schäferblock, der sich mitten im flachen flimmernden Weideland erhob, weit vor der Stadt, ein ganzer Wohnblock für Schäfer, wo jetzt Automechaniker lebten und bunte Hügel aus Autoteilen anlegten.

Antal kam von der Arbeit, mit betonrissigen Händen schaffte er Teile für das Pfauenhaus herbei und türmte sie aufeinander. Fenster, die er aus halbverfallenen Häusern gezerrt hatte, Ziegel, Balken, Leisten. Eine Tür. Ein Stapel Dachziegel. Wo das Haus für die Pfauen sein sollte, ragte und stak jetzt kreuzundquer ein Haufen Zubehör, hier entwendet, da entrissen, andernorts gefunden, eine beiläufige Wüstenei. Ab und zu stellte sich Antal ins Abendlicht, schritt ab und vermaß. Er mauerte zwei Wände, jetzt stand eine Mauerecke im Garten und beherbergte nichts als den Wind und die Hitze des Tages.

Diese Mauer ist eine Unterbrechung meines Lebens, sagte die Neue Frau einmal, aber Antal verstand nicht, was sie meinte, sie kannte kein anderes Wort für das, was sie sagen wollte, vielleicht war es das falsche, sie hatte sich in der unwirtlichen Sprache der Hiesigen verirrt.

Er wälzte eine Rolle Maschendraht in den Garten und beschrieb mit den Händen, wie er ein Gehege anlegen würde, aus dem die Pfauen, sollte sie eine Wehmut nach dem alten Zuhause oder nach der Ferne anwandeln, nicht entkommen konnten. Die nächtlichen Rufe weckten Unruhe in ihm, und lieber wollte er seine Pfauen jetzt in Gefangenschaft sehen. Sich ihres Bleibens sicher sein.

Die Lastwagenfahrer auf der großen Straße hupten, wenn sie an Lacibácsis Garten vorbeikamen, und die Schwimmer im hüfthohen Wasser winkten zurück. Die Truthähne kollerten mit geblähten Zuckhälsen, zogen im Hof von einer Ecke zur anderen, pickten zwischen Schrott und buntem Wasserspielzeug, während die Ruthfrau in der Hocke rauchte und versonnen Rostiges betrachtete, Stangen, Reifen, Winkel, Scheiben, die Luft und Zeit, die großen Unsichtbaren, angefressen hatten.

Die Neue Frau fand auf dem Dachboden einen zylinderförmigen Behälter, eine leise rasselnde Trommel, die sich um einen Stab drehte, ein unergründlicher Gegenstand, an dem keine Spur eines Sinns und einer Handlung mehr haftete. Was ist das, fragte sie Antal, als er einen Draht zwischen zwei Pfosten des zukünftigen Geheges spannte. Ich weiß es nicht, sagte Antal, das ist ein Nichtsding, weil man es zu nichts brauchen kann.

Sie fragte die Ruthfrau, die nannte es bei einem Namen, den die Neue Frau nicht verstand.

Die Ruthfrau lächelte sie an. Geht es dir gut hier?, fragte sie mit lauter Stimme, so wie man mit Fremden redet.

Ja. Die Neue Frau nickte. Der Sommer ist sehr heiß.

Schrott?, fragte die Ruthfrau und zeigte auf die Trommel. Verkaufen?

Nein, sagte die Neue Frau. Die Ruthfrau schüttelte die Trommel. Sie ging in die Hocke und rollte sie durch den grauen Sommerstaub. Aprikosenkerne, sagte sie. Nur kleine alte Aprikosenkerne. Der Staub stieg in dünnen Schleiern vom Boden auf.

Die Ruthfrau schnipste die Asche von ihrer Zigarette in den Staub, ein Lastwagen hupte, drei Kinder schoben einen Leiterwagen durchs Tor, auf dem alte Dosen lagen. Die Ruthfrau wog die Dosen ab, sie waren leer und leicht, und die Kinder bekamen nur eine Münze. Der Leiterwagen quietschte hinter ihnen her, sie stritten sich und waren unzufrieden wie jedermann, verdrossen über den schmächtigen Lohn, den das Leben für sie bereithielt.

Bald bringe ich die Pfauen, sagte Antal an einem leisen Abend ins Dunkel, seine Zigarette glühte zwischen den Blumen, er streifte die Asche in die Nacht. Die Hunde in den umliegenden Höfen knurrten nur und jaulten im Schlaf. Rosa Mohn und weiße Malven leuchteten im späten Abenddämmer, bis ins Dunkel hinein. Die Pfauen gellten einmal, scharf, kurz, ein beißender Daseinslaut, der außerhalb von Traurigkeit und Fröhlichkeit erklang.

Mutter

Miklós wusch seiner Mutter das Gesicht. Morgens lag sie mit dem Kopf auf dem Küchentisch, die schütteren Kräuselhaare hatte er zuerst gesehen, dabei hatte er an Schamhaare gedacht und sich sogleich geschämt. Er zog ihren Kopf hoch, den traurigen Schnapskopf, Mutter, sagte er, Anju, wach auf, ich geh jetzt zur Schule, er fuhr ihr mit dem Waschlappen übers Gesicht, sie machte die Augen auf, Geh nur, mein Söhnchen, geh nur, sagte sie und setzte sich auf, Gib acht in der Schule und lass dich nicht reinlegen von den anderen, hier ist dein Butterbrot. Über dem Butterbrot war sie eingeschlafen, das zog sie jetzt unter ihren verschränkten Händen hervor, Mein guter Sohn, ein Leberwurstbrot, ein Extrawurstbrot, der weiche weiße Brotteig richtete sich ganz langsam wieder auf zu einem Brotschwämmchen, das sich in der Wurst festgesaugt hat.

Miklós ging in die Stadt, duckte sich armschlenkernd in die Lücken zwischen den anderen Kindern, die unterwegs waren.

Die Mutter blieb allein zu Haus. Manchmal klopfte einer ans Fenster, dann machte sie auf, Antal?, fragte der Klopfer, Der wohnt nicht mehr hier, sagte sie. Sie sagte, wo er jetzt wohnte, Geh da nur hin, da findest du ihn. Manchmal lud sie den Frager auch ein hereinzukommen, dann knöpfte sie die Bluse einen Knopf weiter auf und zündete sich eine ihrer weißen schmalen Damenzigaretten an, mit übereinander-geschlagenen Beinen saß sie am Küchentisch und erzählte, dass ihr Mann sie verlassen hat, Ich bin jetzt allein, sagte sie, Ich bin eine alleinstehende Frau. Drágán, der serbische Vorarbeiter der ehemaligen landwirtschaftlichen Genossen-schaft und jetzigen Agrocompany legte sich manchmal zu ihr, fuhr ihr durch das Haar, senkte seinen schweren Kopf auf ihre Brust. Ildiildi, murmelte er, Mach mich glöcklich, ich brauch nicht viel. Hierzulande spricht man das ü aus wie ein ö.

Der Hof war grau, die schiefen Türen leerer Verschläge und Ställchen quietschten im Wind. Die Hühner waren ver-speist, die Tauben hatte der Habicht geholt, die Perlhühner sind ausgerissen. Sie streiften jetzt über die Wiesenstücke längs der Straßen und Gräben, eine scheinzahme Bande, die niemand fangen konnte, langhälsig fanden sie ihre Nah-rung, rochen die Feinde, trieben langsam zum Ortsrand, hinaus in fahles Grasland, Sumpfschilf. Die Verwilderung der Perlhühner bahnte sich an.

Die Mutter hat die Ziege verkauft, da war sie kaum ver-lassen, da hatte ihr Mann kaum seine schwarze Reisetasche aus dem Haus geschleift, vor den Augen der Nachbarn, Wohin geht die Reise, Antal, mein Freund?, hatte Zoli gefragt, der schlagflüssige Eisenbahnernachbar mit zwei weißen Pudeln und einer Kneipenbar im Kellergeschoss, die seine dralle Frau betrieb. Antal hatte nur gegrinst, verlegen, für sol-che Fälle gibt es keine Antworten in der Blitzwitzkiste, die sich jeder Mann hierzulande in jungen Jahren zulegt. Die Mutter folgte ihm auf dem Fahrrad und wimmerte, Väterchen, mein Väterchen, komm zurück!, aber er drehte sich nicht um, stürzte voran mit schmalen Lippen und Schweiß auf der Stirn. Väterchen! Komm raus, apukám!, rief die Mutter einmal vor dem Haus der Neuen Frau, sie klopfte an das Holztor und rüttelte daran, bis die Neue Frau aufmachte. Väterchen, komm nach Hause!, sagte sie zu Antal, Nein, sagte Antal, Nein, Mütterchen, geh nach Hause! und in traurigem Zorn trat er gegen ihr Fahrrad.

Im Handumdrehen fand die Mutter in der Nachbarschaft einen Käufer für die Ziege, dort stand das Tier, groß und weiß und sanft, wochenlang und hörte ihre Jungen weinen, zwei weiße Kinder ohne Namen. Die Mutter rief den Schlächter, Pista, komm, ich will die Zicklein schlachten, sagte sie. Die sind noch zu klein, befand Schlächter Pista, er setzte sich mit der Mutter an den Küchentisch und erklärte ihr unter Gläserheben den Fleischzuwachs, der an den kleinen weißbefellten Körpern in den nächsten Wochen noch zu erwarten war. Du willst doch einen fetten Braten, Ildi, sagte Pista und schlug ihr auf den Schenkel, sein Gesicht glänzte zwischen schwarzem Bewuchs, Gib ihnen noch ein paar Wochen zum Dickerwerden, oder auch Monate, denk an ein saftiges Weihnachtsfest! Schließlich aber kam er doch auf ihr Bitten mit dem Messer, Ein Jammer um die Kleinen, die noch kein wahres Fleisch am Körper haben, sagte er beim Messerschleifen. Das Zickleinblut floss auf den Boden, und Miklós spritzte es später mit dem Schlauch weg, die Stelle blieb ein bisschen dunkler bis zum nächsten Regen. Das Pistabeil verwandelte die Zicklein in Minutenschnelle in Portionen, er trank den Schnaps von der Faust, auf der er das Glas balancierte, Das ist so Schlächtersitte, erklärte er und verlangte mehr Schnaps, Ich habe nur noch Rum, sagte die Mutter und sie tranken zusammen Rum.

Zum Schluss gab es noch Streit, weil die Mutter die Ohren der Zicklein behalten wollte, Pista sie aber als Teil seines Schlachtlohns beanspruchte, Dann kauf sie mir ab, sagte er schwerzüngig, es wurde schon dunkel, schwere einzelne Tropfen fielen plötzlich aus dem tiefen Himmel, Ich habe kein Geld, sagte die Mutter, Keinen Filler hab ich mehr, und die Ohren will ich streicheln, vielleicht eine Geldbörse daraus machen lassen, eine Streichelbörse. Schiefgrinsend langte sie nach den Zickleinohren, Pista zog das kleine Bündel ruckweise zurück, die Mutter stolperte die letzte Treppenstufe hinab und fiel in den Schmutz. Mutter, rief Miklós und lachte wie blöd, Mutter, du bist in den Dreck gefallen! Sein ganzer Körper bebte vor Lachen und seine langen Arme waren davon so schwach, dass er die Mutter nicht hochziehen konnte. Pista verschwand, vier Ziegenohren schuldest du mir!, schrie die Mutter ihm heiser hinterher und kroch die Treppe hinauf, schütterer Regen fiel, und Miklós stand zwischen den Tropfen und breitete die Arme aus, bis der Regen versiegte, den Geruch von feuchtgewordenem Staub hinterließ.

Nur die Pfauen waren noch da, eingesperrt in ihrem Pfauenhaus, ein schmaler Stall, aus dem sie durch ein trübes Fenster in den trüben Hof schauten, die gespreizten Vogelfüße in ihren Exkrementen, die Federn schütter und stumpf. Miklós warf ihnen Futter in den Stall, schwappte Wasser in die gelbe Plastiktränke, riegelte die Tür zu, ein Quietschen in das Vogelkrächzen hinein, aus dem kein stolzes Pfauengellen mehr werden wollte, vier schwermütig dummschnäblige Vögel im Dämmer.

Drágán der Vorarbeiter kam zu einem Abendbesuch, Miklós saß in der Badewanne, und hörte die Mutter weinen, Die Zickleinohren, weinte sie, Die weißen Ohren, Drágán wollte sie trösten, Miklós hörte Gurren und Zurren und Brummen, Du bist ja ganz schmutzig, sagte Drágán, wo hast du dich gesuhlt? Ich bin in den Dreck gefallen, weinte die Mutter, dann lachte sie wie Miklós, er saß in der Badewanne und stellte sich vor, wie sie genauso lachte wie er, mit hängenden Armen und bebendem Bauch, wie sie bei sich selbst im schmutzigen Hof stand und lachte, dann hörte er die Tür ins Schloss fallen, und es war still.

Schäferblock

Alles Kriechland hier, sagte der Mann mit der Kappe vor dem Schäferblock, Also, wenn du mich frags, Kozak, nix wie Kriechland, gut für Schafe, Schlangen, Hunde, Öl, sonst nix.

Er holte weit mit dem Arm aus, und das Land, das er mit seiner Geste umfassen wollte, sah endlos aus. Fahl und weiß, im Mittagslicht zerfloss es in den Himmel, oder der Himmel ins Land, nur der Wind strich über das Gras und das Fell der Schafe, durch die spärlich belaubten Zweige der Weißdornbüsche und Krüppelbäumchen. Die Stadt wie abgeschnitten in der Ferne, am Rand der Fahlheit ein graues, leicht hitzewogendes Gebilde im Rücken der Männer am Schäferblock, mit den Türmen, Schloten, massigen Körpern toter Fabriken, dem Dunst der Menschen, dem Gestank des halb ausgetrockneten Flusses, mit streunenden Hungerhunden und schiefbeinigen Katzen, mit flinken Pferden vor den Särglein-Kutschen der Zigeuner, die stolz vom Kutschbock grinsen.

Der Wind schlug etwas, eine Tür, ein Fenster, eine lose Plane, ein halb abgerissenes Blechteil. Auf dem First des Schäferblocks saß ein Schwarm Tauben, ab und zu flogen sie auf, kreisten, kehrten wieder zurück, redeten in ihrer gurgligen Taubensprache.

Kozakferi wandte sich einem gelben Auto zu und spielte mit der Motorhaube. Mann, wohnst du hier?, fragte er.

Jafreilich sagte der Mann mit der Kappe, Jafreilich wohn ich hier. Diese Teil is meins, und er deute mit einer großen Meins-Bewegung auf einen Teil der Autos, Jafreilich, und das is mein Hund. Zwischen seinem Autohaufen und dem nächsten war ein Hund angebunden, ein schwarzbrauner kleiner Jämmerling, dem das Bellen vergangen war, er hechelte um Wasser und wollte den Fremden gefallen.

Antal bückte sich nach dem Hund, griff ihm in das schwärige Fell, Kozak und der Kappenmann sprachen deutsch, er verstand nichts, Kann ich dem Hund Wasser geben?, fragte er ungarisch, und der Kappenmann antwortete Jafreilich.

Kozakferi zündete sich eine Zigarette an, hielt dem Kappenmann die Schachtel hin und steckte sie schnell wieder ein, als der zögerte. Auto – groß Geschäft, sagte Kozakferi. Er stieg zwischen den Halbautos herum, fuhr mit den Händen unter Motorhauben, wühlte im Metall, zwischen Drähten, Zylindern und Rohren, befühlte, beroch, wählte Teile. Woher hastu das?, fragte er den Kappenmann, der zuckte mit den Schultern. Viel Unfall, sagte er. Hier fahren alle schnell. Er zeigte auf die Straße Richtung Stadt. Die blasse weiße Sonne gleißte auf dem hastigen Metall und den Spiegeln der Lastwagen in großer Ferne. Bei jedem Teil, das Kozakferi nehmen wollte, sagte der Kappenmann Jafreilich und machte einen Eintrag in sein Notizheft. Antal trug die Teile auf den Anhänger von Kozakferis weißem Prachtauto, mit dem er gerne durch die flache Landschaft fuhr, wo man ihn weit und breit sehen konnte.

Dann führte der Kappenmann sie in seine Wohnung im dritten Stock. In einer blanken Kochnische hockte eine kleine dunkle Frau auf einem Schemel und lauschte dem murmelnden Radio. Frau, sagte der Kappenmann und zeigte auf sie, sie lächelte so kurz, als hätte der Kappenmann einen Grußschalter an- und rasch wieder ausgeknipst. Hier ist Büro, sagte der Kappenmann und zeigte auf eine Ecke am Fenster, ein Tisch stand da, an der Wand klebten Fotos. Fotos von Autos, Häusern, Kindern. Hastu Arbeit in Deutschland?, fragte Kozak, Jafreilich, sagte der Mann, Zehn Jahr Pfozheim. Ah, Pfozheim, sagte Kozak. Der Kappenmann zeigte auf die Fotos. Kinder in Pfozheim, sagte er, Zwei Stück. Auf anderen Bildern waren andere Kinder, Kinderinsoundso, sagte er, Kinderindaundda, eine ganze Schar von Jafreilichkindern verstreut auf der Welt zwischen Suceava und Pfozheim, auf alten Bildern, von der Sonne ausgebleicht, vom Herumtragen verdrückt, in Kleidern, wie man sie lange nicht mehr trug, Frisuren, wie man sie lange nicht mehr schnitt, Kinder, die schon lange keine mehr waren.

Quer durch den Raum war eine Schnur mit einer bunten plüschigen Decke gespannt, auf der Decke prangten Blumen in Farben, für die es gar keine Namen gab. Da ungarisch Mädel, sagte der Kappenmann und stupste Antal in Richtung der Decke. Geh nur. Hinter der Decke stand ein Bett am Fenster, das auf die andere Seite des Schäferblocks hinausging. Alles draußen war grau vor müdem Hitzelicht, starr und leer. Ganz weit weg nickten die Ölpumpen, jede in einem anderen Takt.

In dem Bett lag ein Mädchen unter einer zerdrückten Decke. Sie schwitzte. Neben ihr schlief ein Kind. Komm nur, leg dich zu mir, sagte das Mädchen und streckte Antal die Hand entgegen. Nein, das geht nicht, sagte Antal, setzte sich auf die Bettkante. Da ist doch das Kind. Er schläft, sagte das Mädchen. Wo kommst du her?

Wir wohnen da drüben, sagte Antal und machte mit dem Arm eine unsichere Bewegung in eine ungefähre Richtung. Ich helfe Kozak mit den Autoteilen.

Ah, die Autoteile!, das Mädchen lächelte wie in einer großen Ahnung. Du bist Autohändler?

Nein, sagte Antal, Ich helfe Kozak, denn die Teile sind sperrig und groß.

Bist du mal Lastwagen gefahren?, fragte das Mädchen mit suchenden Augen. Ich kenn dich doch irgendwoher.

Nein, sagte Antal. Ich bin Maurer. Meine Welt sind Ziegel und Beton. Schnurgrade Mauern. Mörtelmischen. Verputzen. Aber ich kann eigentlich alles.

Aha, sagte das Mädchen. Maurer. Dann müssen deine Hände rau und rissig sein, zeig her. Antal hielt gehorsam die Hand in, das Mädchen warf einen Blick drauf.

Früher haben hier nur Schäfer gewohnt, sagte sie. Das ganze Haus voll Schäfer, und all die Ställe draußen voll Schafe, die Schuppen riechen immer noch nach den Wannen mit Salzwasser und Käse, das ist eine Art Beweis, dass es wirklich so war. Das ganze Land, so weit das Auge sah, voll mit Schafen, Schäfern, Hunden.

Davon habe ich gehört, sagte Antal müde, das waren andere Zeiten. Die Sommer waren damals auch nicht so grau und schwer.

Kozakferi und der Kappenmann verhandelten. Sie nannten Zahlen, ganze Reihen von Zahlen, Maße und Gewichte und Geld, nur noch Zahlen stießen sie aus, und fielen sich mit den Zahlen gegenseitig ins Wort, wurden hitziger und lauter, hoben die Hände. Die Frau in der Kochnische war auf ihrem Schemel so tief in sich zusammengesunken, dass sie aussah wie ein Bündel Kleider.

Diese schöne Decke habe ich aus Spanien mitgebracht, sagte das Mädchen und zeigte auf die Blumendecke. Solche Decken gab es seinerzeit nicht bei uns, und sie war ein Geschenk für meine Mutter. Im Winter werden wir darunterliegen, dachte ich, das Kind, die Mutter und ich. Ich kam aus Spanien nach Hause, da wohnte der Mann bei uns. Gut, dann ist die Decke für mich, dachte ich bei mir. So hatte ich mir selbst ein Geschenk mitgebracht.

Komm, mein guter Kamerad, Kozakferi legte Antal die Hand auf die Schulter, Wir gehen, und Antal erhob sich von dem Bett mit einer gewissen Wichtigkeit. Der Kappenmann stopfte sein Geld in ein Portemonnaie und begleitete sie hinaus. Schön ungarisch Mädel, sagte er zu Antal und zwinkerte schräg unter seinem Kappenschirm. Antal lächelte verlegen und stieg zu Kozakferi in das weiße Prachtauto, Wir kommen wieder, rief Kozakferi, Jafreilich, sagte der Mann und hob die Hand, als wollte er winken, der Hund stand mit offenem Maul zwischen den Autoteilen.

üdülö

Letztens ist hier eine Frau umgekippt, erzählte Krisztí jedem Gast mit einem Fingerzeig auf den Wiesenfleck, knallrot von der Sonne und dann, bums, rums, Hitzschlag, tot, die Frau hieß Marika. Später sagte sie nur noch, die Marika ist letztens hier umgekippt, tot, dabei gab es doch so viele Marikas im üdülő.

Lacibácsi zeigte eine betrübte Genugtuung, weil seine Erwartung eingetroffen war. Wo seit Jahren das Ertrinken an der Sommerordnung war, hatte die Hitze eine Marika niedergestreckt. Glaubte man an das Schicksal, hätte sie in jedem Fall an diesem Sonntag im üdülő den Tod gefunden. Unter normalen Umständen wäre sie ertrunken, nun aber erlag sie der Sonne. In jedem anderen Jahr wäre sie bläulich gewesen, jetzt war sie rot.

Der Tag, an dem sich dieser Zwischenfall ereignete, hatte von Anfang an eine merkwürdige Stimmung. Drei junge Leute nahmen an diesem Tag einen Holzkahn und ruderten zwischen dem Ufer und der Auwaldinsel hin und her. Niemand kannte sie, aber sie betrugen sich, als seien sie im üdülő zu Hause. Ein Mädchen, zwei Jungen. Sie redeten und lachten, einige Male drehte sich der Kahn auf dem Fluss, weil sie so unachtsam ruderten, als hätten sie kein Ziel und keine Absicht. Sie passten nicht hierher, die drei sind wie in einem Film, sagte Lacibácsi, als er sie sah, er saß draußen auf der Kneipenveranda und schaute zu den dreien und spürte, ja er fühlte in seinem Körper, dass jeder heimlich oder offen auf die drei achtete, sie betrachtete wie einen Film, wie einen alten Film, der sie an etwas erinnerte. Manchmal verstand man ihre Worte, der eine Junge ließ die Hand durchs Wasser gleiten und sagte: Fühlt mal, das Wasser!, und alle drei lachten sie, dann machten sie den Kahn gegenüber an der Auwaldinsel fest, saßen an der Uferböschung und schauten hinüber zum üdülő. Sie rauchten, und Lacibácsi kam es vor, als sehe er winzige Schlieren des Rauchs in der Hitzeluft. In Gedanken hat er die drei Die Zeitmaschine genannt, weil ihm auf einmal alles anders vorkam, es roch und klang nach einer anderen Zeit, nach einer Zeit, in der man noch nicht so mit Unglücksfällen rechnete, oder mit anderen Unglücksfällen, eine Zeit, in der alles, wie Lacibácsi zu sagen versuchte, unschuldig war, ohne zu wissen, was er damit meinte. Wenn er später an die drei dachte, hat er sie nicht mehr Zeitmaschine genannt, sondern Die Unschuldigen, aber auch da wusste er nicht, warum. Sie benahmen sich, wie man sich vielleicht vor dreißig Jahren hier benommen hätte, und gingen, lachten, rauchten und ruderten wie man es vor dreißig Jahren tat, sie waren eine dreißigjahrealte Unschuldsblase, so ist es Lacibácsi langsam vorgekommen. Sie ketteten das Ruderboot wieder an und schlenderten davon, die Sommerfrischler lehnten sich zurück auf ihre Matten und Decken, die Angler warfen die Leinen aus, Feuer wurde geschürt, um das Mittagfleisch zu bereiten. Der letzte Schatten verschwand aus den Pfaden zwischen den Häuschen und Lauben, nur hier und da drückten sich noch Marikas und

58

Zsuzsikas in weniger durchglühte Winkel und flüsterten, raunten miteinander, ein müdes Palavern über die nie versiegenden Misslichkeiten, allen voran die Hitze, verdorbenes Fleisch, die Erschlaffung jeglicher Regung, das Ausbleiben Vertrautergesichter, von Zolimoni und Ildi, nichts war mehr wie es war, sagten sie und verzogen die Münder, die in der grellen Sonne schmal und bitter aussahen. Aus dem Kozakreich drang Musik, das Radio war lautgestellt, die Frauen arbeiteten schon seit dem frühen Morgen am Wurst- und Speckdunst, der Ehrenkozak war zu Gast, Kozaklaci, der Stimmkünstler, der bei Schlagerradio arbeitete, mindestens drei Stimmen machten sein Repertoire aus, mit dem er im großen wöchentlichen Versöhnungsprogramm auftrat, unter falschem Namen ein Liebeszerwürfnis beschrieb, in einer seiner Stimmen Namen und Telefonnummer einer falschen Liebsten gab, so dass, auf den Wellen der sanften Radiosprecherinnenstimme gewiegt, vor den Ohren der Zuhörer nach dem Freizeichen im Telefon der falschen Liebsten eine bewegende falsche Versöhnung oder eine erschütternde falsche Besiegelung des Liebeszerfalls stattfinden konnte. Sogleich anschließend breitete sich süße Musik über das absolvierte Lehrstück zwischen gesichtslosen Misis, Tibis, Rikis, Krisztís und Gizis, zwischen denen Worte wie Schwein und Schlappschwanz gefallen sein sollten, angeblich Verlobungsgelübde gebrochen und Möbel zertrümmert worden waren. Wir haben da immer eine Riesengaudi, sagte Kozaklaci jedem, der ihn begrüßte und fragte, wie geht es denn so beim Schlagerradio, Kozaklaci mochte Worte wie Riesengaudi und kapitalgut, Großeshallo und Everybodydiscodancing. Er war ein Karrieremann, der dem üdülő treu geblieben war, ja es sogar ins Licht des Ruhmes schieben wollte, indem er das Schlagerradio eingeladen hatte.

Am Mittag trafen die Zwiebelmänner und die Ruthfrau zu einem Besuch ein, sie nahmen auf der Kneipenveranda Platz und musterten Krisztí, Dich kenn ich doch, sagte die Ruthfrau, Du holst doch die Zigaretten von drüben. Jetzt nicht mehr, sagte Krisztí. Jetzt arbeite ich hier. Sie bestellten Getränke bei Krisztí und lachten, als wäre es ein Spiel, Lacibácsi schwieg sorgenvoll, die Ruthfrau winkte der Neuen Frau zu, die mit Antal an einem Tisch saß und Kaffee trank, und die Zwiebelmänner klopften Krisztí auf den Lederhintern. Lass das, sagte Krisztí. Tut doch gar nicht weh, sagten die Zwiebelmänner wie aus einem Mund und lachten wild über ihren zufälligen Gemeinschaftswitz. Évike, sagte Lacibácsi, und nahm die Hand der Ruthfrau, Wie geht es unserem Swimmingpull? Prächtig, sagten die Zwiebelmänner, das war ein prächtiger Einfall, Lacibácsi, aber heute wollten wir ein bisschen im Fluss schwimmen.

Aber sicher doch. Der Fluss ist kühl und für alle da.

Am Nachmittag ereignete sich dann der Zwischenfall, die brusthaarigen Zwiebelmänner standen gerade alle bis zu den Hüften im Wasser und schaukelten die Ruthfrau auf einer Luftmatratze, die Kozakjungs sangen, die Luft roch nach dem verbrannten Benzin der Motorräder, die gerade eingetroffen waren, und nach den rußigen Knorpeln der Mittagsmahlzeiten. Die Männer, die nicht angelten, saßen im Schatten und beobachteten Glück und Unglück der Männer, die angelten.

Die Marika in einem gelben Bikini stand von der Decke auf, wo ihr Mann schlief, möglicherweise träumte, dann schwankte sie, sank weich in die Knie und kippte um. Ein paar Kinder, die eben noch unlustig geklagt hatten, lachten und zeigten mit dem Finger auf den zusammengebrochenen Menschen, aber gleichzeitig wurde allen etwas kalt, man weckte den Mann, der Marikas Körper rüttelte und sogleich starr und ungläubig in die Runde der halbnackten Sommerfrischler blickte, die sich um ihren Liegeplatz geschart hatten. Schnell, stammelte er, schnell.

Der Krankenwagen kam, und der Arzt schüttelte den Kopf, die Sanitäter reichten dem Mann sein Hemd, das auf der Decke lag, die Ruthfrau hockte neben ihm und rollte die verstreuten kleinen Sommerutensilien in die Decke, half dem Mann in seine Sommerschlappen, seine Füße waren auf einmal ratlose Kinderfüße unter der blätternden Haut und den blauen Adern, konnten den Weg in die Schlappen alleine nicht finden. Der ganze Mann wurde sehr klein, wie man ihm auf die Sitzbank im Krankenwagen half und die Deckenwurst mit den Spielsachen dieses Sommertages auf die Knie schob.

Es blieb leiser, die Tagesgäste gingen früher als sonst, obwohl der Abend fast lieblich wurde, die Hitze weniger schwer, der Himmel sehr hoch und blau. Die Zwiebelmänner drängten zum Aufbruch, die Ruthfrau strich Lacibácsi zum Abschied über den Kopf und Nacken.

Die Kozakjungs sangen gedämpft ihre Lieder am Abend, ein dunkles Brummen, das durch den üdülő zog, der Männerchor.

Ildi

Ich bin eine geschiedene Frau. Nach meiner Scheidung habe ich wieder geheiratet, aber mein Mann hat mich jetzt verlassen. Früher sind wir in den üdülő am Fluss gefahren, mein Mann, unser Sohn und ich. Aber ich konnte mit dem Fluss nie viel anfangen. Mein Mann hat geangelt, und ich habe in der Sonne gelegen. Unser Sohn hat im Schatten gespielt. Da war immer was los. Meinem Mann gefiel das.

Ich bin in einer anderen Gegend groß geworden. Eine Art Gebirge hatten wir da, und den Bergbau. Wir wohnten in der Bergmannsiedlung. Lange Straßen an einem grauen Hügel, ein Haus wie das andere, eine Straße wie die andere. Vor den Häusern waren kleine Gärten. Mein Vater war Bergmann, all die anderen Männer auch. Meine Mutter war krank, gemütskrank sagte man damals, sie war mal zu traurig, mal zu lustig, manchmal auch gefährlich. Das fing immer mit einer zu großen Fröhlichkeit an. Dann blieb sie mit dem Fahrrad auf der Straße stehen und lachte. Ganz laut und hell, erst fröhlich, obwohl es keinen Grund zur Fröhlichkeit gab, dann immer wilder und lauter. Es gab Tage, da hörte ich aus der Schule, wie sie irgendwo draußen stand und lachte, und dann wusste ich, jetzt ist es wieder so weit. Und wenn ich nach Hause kam, hatten sie sie meistens schon abgeholt, und meine Schwester kehrte die Scherben auf, denn meine

Mutter schlug immer Sachen kaputt, wenn sie so einen Anfall bekam. Nachher hatten wir nur noch ganz wenige Teller. Wir konnten nicht mehr zusammen essen, weil nur noch drei Teller da waren. Meine Mutter starb früh, mein Vater auch. Jeder wollte weg aus der Bergmannsiedlung, nur weg, in Hochhäuser, in Wohnungen, nur raus aus diesen Häuschen und diesen Straßen. Später hat man die Gruben geschlossen, keinen einzigen Bergmann gibt es mehr. Die Häuser waren erst verlassen, dann zogen die Zigeuner ein. Alle Häuser sind jetzt von Zigeunern bewohnt. Man sieht die Siedlung aus dem Zug. Alles ist grau, die Häuser, die Straßen, die Leute dazwischen, sogar die Feuer. Die Zigeuner machen überall kleine Feuer und verbrennen etwas, Kabelgummi wegen dem Kupferdraht drin, oder Reifen. Ich weiß nicht, warum sie die Reifen verbrennen.

Ich habe Arzthelferin gelernt, aber das war nichts für mich. Ich ekle mich vor Krankheiten. Ich wollte nicht Tag für Tag den Kranken in die Augen sehen. Vor allem die Bergleute waren oft Todgeweihte. Ich habe zwei Kinder bekommen und in einem Möbelgeschäft gearbeitet. Dann kam die Scheidung. Ich habe weiter gearbeitet, und dann habe ich wieder geheiratet. In dem Möbelgeschäft haben wir auch unsere Schlafzimmergarnitur gekauft, mein zweiter Mann und ich, damit haben wir unser neues Leben begonnen, Das war ein Doppelbett aus dunkelbraunem Samt und eine Schrankwand, die konnte ich abarbeiten, eine Schrankwand mit zwei Spiegeltüren. Wir wohnten in einer Wohnung, oben im achten Stock. Wir hatten Ausblick. Auf der einen Seite zum Park und in die Berge, auf der anderen Seite fast bis zur Donau. Damals sagten wir Hügel, aber jetzt erscheinen sie mir in der Erinnerung als Berge. Meine Augen sehen ja immer nur die Ebene.

Später ging viel schief, da sind wir hierher gegangen, sind einfach weg von da. Das Bett und die Schrankwand haben wir mitgenommen, obwohl ich die noch nicht richtig abgearbeitet hatte. Meine Eltern kamen von hier, und man soll ja lieber an seine Wurzeln zurückkehren als in die Fremde schweifen. Ich bin hier aber nicht heimisch geworden. Meine Eltern sind ja auch schon lange tot.

Mein Mann ist Maurer. Eines Morgens hat er mich aufgeweckt und gesagt: Trink einen Schnaps, den brauchst du jetzt. Dann hat er gesagt, dass er weggeht. Ich hab es nicht geglaubt. Ich hab gedacht, er macht Spaß. Manchmal machte er so Späße. Als wir noch ein Auto hatten, kam er manchmal und sagte: Du, ich hab das Auto kaputtgefahren, Totalschaden. Und wenn ich dann erschrocken bin, sagte er: Haha, hab doch nur Spaß gemacht, und wenn der Schrecken groß war, hat er den Arm um mich gelegt und gesagt: Nichts passiert, nichts passiert.

Er ist mit dem Fahrrad weggefahren, es war ein Sonntag, und ich hinter ihm her, mein Fahrrad ist so klein, er war schneller als ich, ich hab ihm hinterhergerufen, Geh nicht weg, du, geh nicht weg, aber er ist immer weitergefahren, ich hinter ihm her. Ich habe bei der Neuen Frau geklopft, das Fahrrad von meinem Mann stand im Hof, und er saß auf der Veranda, Brauchst du einen Mann? hab ich sie gefragt, Ich besorg dir einen. Sie hat nur mit den Schultern gezuckt und gesagt: Geh weg. Mehr kann sie vielleicht nicht sagen, sie ist ja ganz fremd hier. Einfach nur so, Geh weg. Und ich bin weggegangen, ich habe mich auf einmal geschämt.

Ich hab seine Wäsche von der Leine genommen und gefaltet und in den Schrank gelegt, und ich hab Kohlrouladen gekocht, weil er die so gerne mag, ich bin an seinen Arbeitsplatz gegangen und habe gesagt, Du, ich hab Kohlrouladen gekocht, aber er ist nicht nach Hause gekommen. Der Hund lag am Gartentor und heulte, so geschnieft hat er immer, und die Schnauze unter dem Tor durchgesteckt, nächtelang, und mein Sohn hat nur so getan, als ob er schläft, in Wirklichkeit hat er gewartet, und vielleicht hat er auch geweint, aber wenn er aufgestanden ist, hab ich ihm nichts angesehen.

Warum?, fragt sich der Mensch immer, Warum? Aber das ist eine dumme Frage. Es gibt kein darum. Ich habe jetzt einen Freund, fragt der – Warum bist du mir jetzt gut? Nein. Er kommt und legt sich zu mir und dann geht er wieder nach Hause zu seiner Frau. Wenn man eines Tages nicht mehr fragt: Warum?, dann weiß man, dass man alt geworden ist. Sowas lernt der Mensch zu spät im Leben.

Mein Freund hat mir geholfen die Hühner zu schlachten, das mache ich eigentlich gern allein, aber dann hat es doch gut getan, wie er mir geholfen hat. Als mein Mann noch bei mir war, hab ich immer allein geschlachtet, solang wir hier wohnen. Schlachten konnte er nie. Essen ja, schlachten nein. Aber das Fleisch muss ja auf den Tisch. Keiner will vor einem leeren Teller sitzen. Hühner, Tauben, Enten, Ziegen, darum sollte ich mich immer kümmern. Geschlachtet hab ich natürlich nur die Vögel, für die Ziegen kam der Schlächter, das sind doch große Tiere, die wollen sich wehren, man muss sie richtig überwältigen.

Mein Freund hat mir beim Hühnerschlachten geholfen

und wir haben ein paar Schnäpschen dabei getrunken und gelacht. Als er nach Hause ging, da hat er gesagt: Wie erklär ich meiner Frau jetzt die Blutflecken?

Mein Freund hat einen guten Posten in der Landwirtschaft. Er ist bei der Agrocompany. Mais. Sonnenblumen. Sojabohnen. Riesige Felder. Mein Freund ist eine Art Brigadenführer.

Nach den Hühnern hab ich auch die anderen Tiere abgeschafft. Der Sommer ist so heiß, und ich gehe arbeiten. Nur die Pfauen sind noch da. Vier Stück. Manchmal schreien sie nachts aus ihrem Stall heraus, vielleicht rufen sie nach meinem Mann, er will sie bald holen.

Wie mein Mann weg ist, hab ich wieder gearbeitet. Zuerst drüben in der alten Zuckerfabrik. Da wird schon lange kein Zucker mehr gemacht, trotzdem haben wir die Büros geputzt, die Flure, die Klos. Dann haben sie dichtgemacht, einfach zu, verrammelt, große Spanplatten hinters Gittertor, addío. Jetzt arbeite ich im Tagelohn, bei der Ernte. Morgens kommen Busse, die uns abholen. Tagsüber sind wir auf dem offenen Feld. Im Schatten machen wir Pause, aber kühl ist es da auch nicht. Die Bäume sind dünn hier, fast wie Krüppel. Baumkrüppel. Da ist kein großer Schatten. Wir gehen zur Anmeldestelle für den Tagelohn und fragen: Was für Arbeit gibt es. Im Sommer gibt es alles Mögliche, und man kann sagen: Ich will zu den Melonen, ich will zu den Paprika, zu den Kartoffeln. Am liebsten wollen alle zu den Melonen. Der Mais ist nur für die Männer.

Am Weinfeld gibt es auch Arbeit, aber da ist immer alles zu. Das ist wie ein Klub. Die Frauen bringen ihre Klapphocker mit und Radios, und sie arbeiten im Bikini, da geht es lustig zu, obwohl da nicht ein Strich Schatten ist, die blanke Leere unter der Sonne.

Das Weinfeld ist an der großen Straße, gegenüber dem alten Judenfriedhof. Der Judenfriedhof wird immer wieder neu eingezäunt, und dann ist der Zaun doch wieder aufgeschnitten. Da werden die Schmuggelzigaretten abgesetzt. Hier wird immer noch viel geschmuggelt. Wer weiß wie lange noch.

Ich hab eine Freundin hier, die Moni. Mit der kann ich reden. Wir waren auch oft zusammen im üdülő. Die Moni hat eine Kneipe, so was war immer mein Traum, gewesen, und dann hatten wir eine Kneipe, mein Mann und ich, und alles ging schief. Von da an hat das Pech unser Leben begleitet.

Die Moni steht hinter der Theke und schenkt mir die Schnäpschen ein, wir lachen zusammen. Die Moni ist eine tüchtige Frau, sie versteht was vom Geldverdienen. Ihr Mann hatte neulich einen Schlaganfall, die Hunde haben ihn verrückt gemacht. Er hat sie richtig totgeprügelt, mit der Hand, zwei schöne weiße Pudel, Moni hat geschrien, die schönen Tiere, die teuren Tiere, hat sie geheult, aber das mit Zoli hat sie auch mitgenommen. Er muss jetzt alles von vorne lernen. Gehen, Essen, Sprechen. Deshalb fahren sie auch nicht mehr in den üdülő.

Ich weiß eigentlich nicht, was ich noch erwarten kann. Meinem Sohn geht es gut. Mein Mann bezahlt ordentlich den Unterhalt. Wenn ich meinen Mann auf der Straße sehe, rufe ich Hallo. Manchmal winkt er zurück.

Er fährt jetzt mit dem Auto von der Neuen Frau. Ein grünes schönes Auto, es leuchtet irgendwie. Wir haben schon länger kein Auto mehr. Immer mit dem Bus, oder betteln bei den Kozaks, wenn wir in den üdülő gefahren sind. Jetzt hat mein Mann wieder ein Auto. Einmal ist er vor mir auf der Straße aus dem Auto gestiegen, da hab ich gesagt: Du bist doch bloß weg wegen dem Auto, da hat er mich beiseite gestoßen. Nie hat er die Hand gegen mich erhoben, aber das hat weh getan, ich hatte einen blauen Fleck.

Ich glaube, ich möchte wieder in einer Wohnung wohnen, in einem Hochhaus. Ich möchte auf die Hügel sehen und mit dem Fahrstuhl hinunterfahren und einkaufen gehen. Mein Sohn bleibt sicher noch eine Zeitlang bei mir. Wir können zusammen in der Wohnung wohnen, so wie früher, nur ohne meinen Mann. Aus dem Fenster sehen, über die Dächer, zum Bahnhof, hinauf zur Autobahn. Fast bis zur Donau. Nicht so viel Himmel sehn müssen wie in dem Flachland hier.

Autos

Komm lieber Mond, sang der schnurrbärtigste aller Zwiebelmänner leise, beide Hände in einer Kiste mit scheppernden Teilen, Komm lieber Mond und mache, dann vertröpfelte seine Stimme zu kleinen Summstößen, es war Männerabend in der Vorstadt, versammelt saßen die Männer auf ihren Kisten und Stühlen im Garagenland, im Schatten von Wohnblocks und Deich, der brennnessel- und brombeergrau zum stinkenden Spätsommerfluss abfiel. Autos waren kreuz und quer geparkt, alte und neue, matte und glänzende, rostkranke, hinkende, hustende und lieblich gestriegelte, Notgeliebte und Glanzgefährten, schräg gegen den Deich gesetzt und halb in den staubverkrusteten Blumenrasen, der die Hintereingänge der Wohnblocks säumte. Kleine Männergruppen schlenderten herum, streichelten das eine Auto, traten das andere, ließen ihre Goldarmbänder und Tätowierungen in spiegelnden Windschutzscheiben blitzen, spuckten durch die Schlaglöcher in ihrem Gebiss blinde Rückspiegel und schlaffe Reifen an. Die Garagen standen offen, die blau-, grün-, rotblassen Tore sperrangelweit, im Dunkel türmte sich Gerät und Gerümpel, draußen hockten spreizbeinig die Hüter auf ihren niedrigen Schemeln und Kisten, schlurften die Sucher, kauten, spuckten Schalen. Fragen, Rufe, halbe Sätze segelten durch die Luft.

Geplauder, das um kleine Dinge kreiste, um Eisenteile, Schrauben, Hauben, Federn, um abgewirtschaftete Inganghalter, die noch einmal zu Bewegung verhelfen sollten, rostbehauchte Schlüssel zum Rädchenwerk der Freiheit, zum Aufunddavon bis es nicht mehr weiterging, zum Besitz der Abschiedsfähigkeit. Bierdosen knackten, Kehlen gurgelten kühl, hüpften gegen den blassdunklen Abendhimmel, dass es den Nichttrinkern ganz eng im Hals wurde von dem Anblick, die Lippen wurden ihnen trocken vom Zusehen. Hast du, hastdu, hastu dies und das, ich geb dir ein Ventil für ein Bier, hier hastu ein schönes Ventil, kaum benutzt, ein Prachtventil, so gib mir ein Bier dafür, ein schöner Tausch! Der Mond groß und rot hinter den Fabrikpappeln, die nicht mehr rauschten, nur noch rasselten, auch das Laub am Boden rasselte um die Füße wie ein böser Husten, der vom Huster nicht mehr lassen will.

Die kleine Gasse, die zwischen den Garagen hindurch in den Deich versickerte, stieß am anderen Ende auf die große Straße, rieb sich an einer kleinen Mauer, wo müde die schönen Mädchen saßen. Die Mädchen streckten heute die Beine von sich, geschwollen die Füße in den hochhackigen Sandalen, schwer die Mundwinkel unter dem Lippenrot, es dämmerte erst trüb, im Hotel Oasis gingen langsam die Lichter an, noch waren die durchschwitzten Laken der Vornacht nicht trocken, die Freier ließen ohnehin auf sich warten in ihren straßenkotigen Autos mit Haut und Haar der totgefahrenen Streunerhunde, jedem klebte der heiße Tag am Leib, der Vorstadtdunst aus röstendem Mais und Teer, Abwasser und Melonenmatsch legte sich um jedermanns Kehle, und der Mond, so schwer und rot, furchig und uneben wie ein Stück Wurst, saß jedermann im Nacken, woher kam so ein Mond, der gestern noch weiß geschienen hatte, wer hatte untertags so an ihm gekratzt, dass er blutet und ganz nah an die Stadt gerückt ist, als wolle er Obdach, auch er?

Katica putzte die Abendfenster an der Tankstelle auf der Ecke, nur einen Sprung über die Gasse zum Garagenland, da war schon das Mäuerchen mit den Schönen, und Katica putzte, dass es quietschte zwischen Tuch und Glas, es roch nach Benzin und Chlor und Ammoniak in Katicas kleiner Putzwelt, die Autos kamen, gingen, bebten wartend vor den Zapfsäulen, behütet von den starken bildchenbunten Armen ihrer Lenker, die dann auf den gestillten Kehlen ihrer Fahrzeuge tiefer in den Abend segelten. Katica strich sich die Haare aus der Stirn und putzte die Mädchenrücken blank im schlierigen Glas, die nackten Rücken über den Röcken und Hosen, die müden Schönrücken, über die Finger und Zungen von überallher ihre Straßen abfahren, lindengesäumte Chausseen der Träume, Kinder auf einer von Flucht kaum zu unterscheidenden Reise, während der man die Namen der Dinge immer wieder verlernt und zum Spiel nur der Körper bleibt.

Da kam ein Zwiebelmann die Gasse hinaufgescheppert, Katica! rief er, Katica, meine Schöne! die Worte krochen ihr über den Nacken ins Haar, Katica, komm mit mir!

Sie drehte sich um, zwei Lastwagen schlichen auf den Hof des Oasishotels, die Mädchen erhoben sich für die schönen Bulgaren in der Fahrerkabine, die schwarzlockigen Zigeunerverächter, die Mädchen streiften das schöne Haar lieblich über eine Schulter, lang und schwarz, schoben eine Hüfte vor, die Bauchnabelringlein schimmerten leise, im Westen war der Himmel türkis und rot, ein Schäfer trieb seine Herde die Eisenbahnböschung hinauf, schwarz standen die Schafe auf den toten Gleisen und stiegen dann hinab in das ratlos dämmernde Ödland zwischen Eisenbahn und Deich, wo ihr Nachtlager war.

Hallo Jimmy, sagte Katica, sie griff sich ins Haar, als wollte sie die Stimme des Zwiebelmanns aus ihren Strähnen fischen, sie hob den Arm und der Abend kroch und schmiegte sich in ihre Achselhöhle, unter dem weißen Innenarm. Der Motor des Zwiebelmannautos schnurrte, die bulgarischen Fernfahrer winkten den Schönen, den hochhackig schwankenden Mädchen, vielleicht auch Katica, die der Schafherde auf dem Eisenbahndamm zulächelte.

Komm, Katica! rief der Zwiebelmann, Komm mit mir, ich schenk dir eine Spritztour im Mondenschein!

Katica schüttelte den Kopf, Der Mond ist mir zu rot!, sie winkte mit dem Fensterlappen.

Dann komm bald mit mir in den üdülő! Der Zwiebelmann lehnte sich aus dem Autofenster und säuselte durch das Motorsummen und das leise Klirren der aufgesammelten Autoteile, die auf dem Anhänger lagen. Sein Schnurrbart war kaum noch von seinem Mund zu unterscheiden, ein großer dunkler Fleck in seinem Gesicht. Zieh dein Blumenkleid an und komm mit! flötete er, ich werde dich auf Händen tragen.

Die Bulgaren rückten sich die Hosen zurecht und griffen den schönen Mädchen an die Hüften, Schafe, Hund und Schäfer waren in die Nacht getaucht, und das Hotel Oasis leuchtete.

Später am Abend stießen zwei Fahrzeuge an der Ecke Große Straße und Garagenlandgasse zusammen, ein hellblaues und ein dottergelbes Auto, beide aus weichem, biegsamem Blech, der Mond stand hoch über dem Fluss und war orange, fast golden war er und schien auf die Blechverwerfungen und -verschiebungen, auf die Scherben und Splitter, auf den zuschanden gewordenen Glanz begonnener Reisen, auf die bleichen Gesichter der Verletzten, auf deren Schläfen noch das Lächeln des Aufbruchs erschrocken huckte, er schien auf die neugierschiefen Gesichter der Schaulustigen, auf den letzten hellrosa blühenden Malvenkelch an einer braungetrockneten Staude neben dem Hotel Oasis, wo nie jemand hinschaute. So ging der Tag ein für allemal zu Ende, und Katica stand auf dem rissigen Beton am Tankstellenrand, genau auf der Schnittstelle von Tankstellenlicht und Blaulicht, die eine Schulter hochgezogen, die andere von ihrer Fensterputzfrauentasche nach unten gezerrt, so stand sie, von der Zeugenschaft des Abends tief erschöpft.

Ufer

Das Wasser im Fluss sank tiefer. Überall erschienen kleine Sandbänke, nie dagewesene Inseln, auf denen Vögel standen und verwundert Ausschau hielten. Die Uferböschungen wurden zu Abhängen unter struppigem Gesträuch und Brennnesseln verwoben mit Fetzen und Streifen aus wind-wetter-hitzetrotzendem Stoff, der nur blasser, grauer, brauner wurde, nicht zerfiel, bleibende Wimpel der Beständigkeit in einer Landschaft, die unter der Sonne allmählich in ihren eigenen Klüften verschwand, sich selbst vor Hitze verschlang.

Von der Ufermauer aus blickte man jetzt in eine trostlose Tiefe, alles im Umkreis der Ufer in der flussdurchschnittenen Vorstadt, durch die sich jetzt nurmehr ein tiefer überriechender dunkler Graben zu ziehen schien, wurde kleiner, ferner, bedeutungsloser. Welche Bäume regten sich dort am anderen Ufer, zu schütter um Schatten zu spenden, welche kleinen Menschen trieben sich dort auf der Böschung herum, verirrte Schausteller vor einer gleißenden Kulisse aus Kirchturm und Dächlein, welche schwarzen Hundefleckchen sprangen am Straßenrand auf der Brücke stadtauswärts, welch kleine Spielzeugstraßenbahn trug hinter den Streichholzstreben der Eisenbrücke auf ihren Fenstern die weiße Sonne in die Stadt hinein, hinter einer schwankenden Spitzengardine saß der Fahrer wie in einem heimatlosen

Wohnzimmerchen und starrte in die endlosen schienenfurchigen Straßen vor ihm, die ihm doch bekannt sein müssten, doch im ewig blendenden, stechenden Licht mit jedem Tag fremder erschienen.

Die Hitze hat das Land geknackt, sagten die Leute, sie hatte das Land geknackt, als wär es eine alte Nuss, denn alles liegt jetzt trocken und verstreut herum.

Wo sich früher belaubtes Gezweig über die Grenze von Wasser und Land gewölbt hatte, lag jetzt das Innere und Untere des Flusses bloß. Stauberde, die allmählich in Schlammerde überging, aus den Abwasserrohren, die sonst unter dem Wasserspiegel verborgen den Auswurf der Stadt in den Fluss gestoßen hatten, rann es jetzt stinkend. Bestiefelte Angler standen ratlos fast in der Mitte des Flussbetts, tote Fische stauten sich stumpfäugig an den Sand- und Kiesbänken, die Ufer waren in steter Bewegung, ein Meer suchender, schnüffelnder, huschender Ratten. Anfangs hatte man Schlangen gefürchtet, die das nackte Ufer bloßlegen würde, doch die waren Ratten schneller und trieben sich bald spitzmäulig und flink überall herumtrieben. Kaum jemand hat es in diesem Hitzejahr versäumt, eine totzuschlagen, der müde Durst des Sommers wurde zu einem Durst nach den dünnen Blutströpfchen, die ein erlegtes Tier hinterließ, doch für jede Erschlagene gab es gleich mehrere Platzerben, die an ihre Stelle rückten und die Hand der Schlägers herausforderten. Nur den Feuern blieben die Ratten fern, den glimmenden Brandstätten der Müllsammler und Schatzsucher am Schuttplatz, doch wenn die Feuer erloschen waren, kamen sie gleich, klug und eifrig, wühlten in der erkühlenden Asche mit einer Innigkeit, als seien Reste des

Schatzsucherfiebers in den verkohlten Resten hängengeblieben und sogleich auf die klugen und eifrigen Tiere übergesprungen.

Man mied den Fluss, schlich nicht mal mehr zu den Pappeln an der alten Zuckerfabrik, wo sich sonst im Sommer allerhand Liebespaare einfanden, man blieb auf den Straßen und Plätzen, wenn der Abend sank und der Staub dunkelblau wurde, man sprach nur vom Flussufer wie von einer verunglückten Schönheit, pries Düfte und Lauschigkeiten, die jetzt jeder mit einer ungeahnten Inbrunst genossen haben wollte. Das Ufer war wie ein Toter, dessen Leben, kaum von der Seele verlassen, zu jedes Hinterbliebenen liebstem Besitz wird.

Agrocompany

Nachts wälzten sich die Männer von der Agrocompany ruhelos im Bett, kratzten sich Arme und Beine wund, das war die Maiskrätze, heute auch lieblicher Erntemilbe genannt, die ihnen unter die Haut gekrochen war, unsichtbares Getier, das schlaflose Nächte besorgte, Hinundherwerfen in verschwitzten Laken, bebendes Lauschen in die Nacht, auf die an- und abschwellenden Wogen der Zikadengesänge, ein Lautmeer mit seiner eigenen Brandung, der Atem der leise schnarchenden Frau surrt ihnen am Ohr, die Schlaflaute der Seligen mit ihrem dünnen matten Schweißfilm auf der bläulichen Nachthaut. Dabei ist es noch nichtmal Erntezeit, die Maisarbeiter streifen nur auf Kontrollgang durch die Gänge zwischen den Stängeln, die Blätter rascheln, Mäuse huschen, Schlangen rascheln, trotz der Dürre riecht es schwül, die Maisblätter sind wie kleine trockene Hände, die die Arme der Feldkontrolleure streifen, ihre Wangen, Schultern, Ohren, die Wege sind lang, warum sieht man das Ende dieser Korridore erst kurz bevor man es erreicht, die Reihen sind doch schnurgerade?

Drágán legte das Gesicht dicht an die Schulter seiner Frau, sie roch nach Essig und Pfirsichen, nach Melonen, sie roch nach dem Tag, nachts dünstete sie den Tag aus, den sie nutzbar gemacht hatte, den sie in Eingemachtes, in Süßigkeiten, in Tropfendes, Säuerliches verwandelt hatte, bevor sie sich zur Ruhe legte, sie hatte Speisen bereitet, bis ihr der Schweiß aus allen Poren trat, und die freigewordenen Poren die Speisedünste aufnehmen konnten, erst dann hat sie sich zwischen die Laken geschoben und diese später im Schlaf von sich getreten und gestrampelt, um sich von den wieder austretenden Speisedünsten streicheln zu lassen, während ihr Mann in Unruhe zuckte und knurrte. Das Straßenlicht lag weiß und flach auf ihrem Rücken, dem bloßen Schenkel, dem verworfenen Bettuch. Drágán ekelte sich plötzlich vor der Vertrautheit dieses Körpers, dieser Beugen und Wülste, vor dem Geruch dieser Tage, die mit den seinen so verschränkt waren, schief verschränkt und verhakt, dass sie sich nicht mehr auseinanderhaken könnten, so schief, das erkannte Drágán jetzt, so schief standen sie in der Welt. Er dachte an Ildi, ihren Rummund, ihre fast violette trockene Trinkerhaut, die verschwollenen Augen, die immer suchend durch den Kneipenraum, durch das Schlafzimmer, die Küche wanderten, immer nach etwas suchten, was nicht da war, was nie da sein würde, ihr heiseres Lachen, sie ist wie eine Eidechse, dachte er, eine kluge Eidechse, ihre schwarzen kugelrunden Augen, ihre Trockenheit, wo er verschwitzten Dunst erwartete, weil er immerzu an die in ihn verschränkte Frau dachte, aber nicht als Frau dachte er an sie, nur als einen Körper, eine Masse, die schräg vor ihm stand und ihn behinderte, ein Hindernis wie ein großer Riegel, hinter dem er sein Leben führte und um den herum er die Hände nach Ildi ausstreckte, ihr die Gläschen füllte, ihr die krausen Haare widerwillig streichelte, weil das zu den Aufgaben eines Mannes gehört, der sich in einen Körper versenken will.

Ildis Haare erinnerten ihn an eine Puppenperücke, das drahtige Haar auf den billigen rotwangigen Puppen seiner Schwestern in der fernen Kindheit, oder an Schamhaar.

Wenn Drágán die Augen schloss, sah er Gleißen, die Felder im Licht, den blendenden Mais, den weißgrellen Himmel, er sah die fernen Tagelöhner auf ihren Feldern schweben, denn die heiße Luft ließ alles vibrieren, sie schob eine Nichtsschicht zwischen die Füße der Menschen und die Erde, und die Menschen schwebten, sie flogen fast, ohne es zu wissen, nur der Betrachter aus der Ferne konnte es sehen. Wenn Drágán die Augen öffnete, kühlte ihm die Nacht den Blick, das vom weißen Straßenlicht gedämpfte Dunkel, in das sich der beleuchtete Körper seiner Frau wölbte, auch dieser Körperanblick kühlte ihn durch den stillen Ekel, den er weckte. Er schloss die Augen wieder und sah Ildi zwischen den Melonen stehen, die Beine gespreizt, alle Frauen auf dem Melonenfeld beugten sich mit gespreizten Beinen nach den Melonen, und sie kreischten, wenn ihnen die Männerhände zwischen die Beine fuhren, das konnte Drágán auch von seinem Maisfeld aus sehen, und bei der Erinnerung an diesen Anblick brannten ihm die Augen wieder.

Morgens früh radelte er zur Arbeit, zum langgestreckten Barackenhaus der Agrocompany am Rande von Stadt und Feld, abseits der Schafe, hier hatte der schlaue Doktorjózsef seinen Sitz, der seinen künftigen Tagelöhnern ihr eigenes Land mit seiner zähen schwarzen Erde, mit seiner Unkrautraserei, für ein Trink- und Spielhallenbätzchen abgekauft hatte, als jedermann nur etwas haben wollte, was bunt und neu und glitzernd war. Drágán war einer der Direktuntergebenen von Doktorjózsef, er hatte einen richtigen Posten und etwas zu sagen, er hatte zu begutachten, abzuschreiten, bescheidene Befehle zu weiterem Abschreiten und Begutachten zu erteilen. Die Tagelöhner indessen standen schlieräugig an den Bushaltestellen, wo die staubblauen Busse kamen, um sie aufzusammeln, der Melonenbus, der Paprikabus, der Traubenbus, der Kartoffelbus. Die Tagelöhner bekamen Befehle und Anweisungen zur Erntearbeit auf den Stücken Land, die mal die ihren gewesen waren, und das mochte ihnen so gefallen, denn niemand will sterben mit der Sorge im Sinn, was nun mit einem Flecken zäher schwarzer unkrautverknäuelter Erde wird oder nicht wird. Dafür bekamen die Tagelöhner raue Worte und am Abend manchmal eine almosenhafte Gabe, eine Plastiktüte mit Paprika, eine schiefgewachsene Melone, eine Strünkchen Trauben. Dafür konnten sie lachen und sich um nichts scheren als ihren Sonnenschwindel, auf den sie alles schoben, das breitbeinige Dastehen, das Warten auf die Männerhand, das blinde Greifen nach diesen hochgereckten Hintern, das Pochen in Schläfen und Lenden, das sie am späten Nachmittag mit in die Kneipe nahmen.

Im Spätsommer gab es ein Fest für die gesamte Agrocompany, ein Trink- und Ess- und Freudenfest, mit dem sich die Agrocompany bei ihren vielen Händen bedankte, zu Ehren dieser vielen Hände wurden Schweine herbeigeschafft und vom Schlächter Pista geschlachtet, der sich auch der Zicklein von Ildi angenommen hatte. Im Sportplatzrasen bildete sich ein Trichter, der war rot vom Schweineblut und hinterher schwarz von den Feuern, über denen das Schweinefleisch in großen Kesseln gekocht wurde. Jeder kam und kostete, aß, verschlang seinen Dank, den paprikaroten triefenden Fleischdank, den Doktorjózsef dann noch mit einer Ansprache bekräftigte, da saß Drágán mit den anderen Direktuntergebenen hinter ihm auf der Bank, neben ihm seine Frau, alle Direktuntergebenen hatten ihre Frauen mitgebracht, die ihre schönen, für diesen heißen Nachmittag vielzuwarmen Kleider angelegt hatten, und aus dem geballten Horizontgewölk wollte sich einfach kein Gewitter lösen und über die Agrocompany ergießen. Die Tagelöhner standen in einem großen Halbkreis um den Redner und die Bank mit seinem Gefolge, sie beklatschten die Rede leise, denn sie genierten sich ihrer schon fett- und paprikaverschmierten Münder, ihrer nach mehr verlangenden Kinder, ihres Lauerns auf das Bier. Drágán trug ein hellblaues Hemd mit langen Ärmeln, die Schwitzflecken standen schon groß und dunkel bis auf seine Brust. Warum trägt er dieses blöde Hemd?, dachte Ildi und wollte gern über ihn lachen, wie er neben seiner Speisefrau saß, aber sie konnte nicht, das Lachen steckte ihr im schweinseintopfrauen Hals, sie stieß ihren Freundinnen vom Melonenfeld die Ellbogen in die Rippen und wollte sich mit ihnen amüsieren, Guckt mal, der Drágán, wollte sie sagen, Guckt euch den blöden Vorarbeiter doch mal an, aber es kam kein Wort heraus, und die Frauen drehten sich erschrocken zu ihr, Ildi, was hast du? fragten sie laut, Ildi, was fehlt dir?, denn sie weinte. Die Tränen liefen ihr über das dunkelgebrannte Sommergesicht, weil sie kein Wort aus der Kehle stoßen konnte, und die Worte saßen doch schon fertig da, zum Lachen und Spötteln bereit und wollten und wollten nicht heraus.

Der Doktorjózsef winkte zum Abschied aus seinem schwarzen Auto, das Fest der Agrocompany dauerte bis in die tiefe Nacht, am fernen Horizont glomm ein Wetterleuchten, ein ganz leiser Donner ging, kein Regen fiel. Hinter den Umkleidekabinen lag Ildi kurz in Drágáns verschwitzten Armen, trunken stammelte sie von den Zickleinohren, die ihr bei Schlächter Pistas Anblick wieder eingefallen waren. Drágán bettete sie ins Dunkel und stahl sich davon.

Melonen

Heute besorge ich eine Melone, sagte Antal, Eine Wasserme-
lone und eine gelbe Melone.

Der Morgen war grau von der Hitze des vorigen Tages.
Schwalben stießen flatternd in die Veranda und wieder hinaus, ein Schwalbenspiel der Erprobung von Künsten, die ihnen keiner nachmachen konnte.

An den Straßenecken bauten die Melonenverkäufer ihre
Stände auf. Die grünen Wassermelonen glänzten, geduldige
Tiere, Herden, die es hierher verschlagen hatte. Daneben
die gelben Melonen, grau-rauschalig und duftend, ungelb, der
einzige Duft, der sich gegen das metallische Mittagsglühen
behaupten konnte.

Wassermelonen rollten von den ratternden Lieferwagen, die sie von den Feldern brachten, sie platzten beim Auf-
prall, das Fleisch spritzte über die staubige Straße, blasses
süßes Rot zwischen den totgefahrenen Straßenhunden, die
hitzeblind in Autos getaumelt waren, hier und da ragte noch
eine schlafsanfte Schnauze, ein stiller Kopf mit geschlossenen
Augen aus Zerschmettertem mit Fliegengewimmel.

Heute besorge ich uns eine Melone sagte Antal noch
mal, er zupfte mit mörtelrauen Fingern Betonkrümel aus
dem Haar, rauchte.

Mittags rollte die Hitze weiß von Südwesten über das

Land. Es war so hell, dass man nichts mehr sah. Alles löste sich auf in diese zitternde Weiße, manchmal begleitet von einem Wind, der in den vertrockneten Malvenblättern raschelte und mit den schwarzen Samen in ihren Hülsen rasselte.

In der Stadt saßen Männer am Straßenrand im Schutz der Verdecke ihrer Lieferwagen und verkauften Kalk, gleißende Brocken in Kübeln und Körben, und Bohnenstangen, grau und splittrig, wer würde das in dieser Hitze davontragen? Zwischen den Malven, blassrosa und müde im Schatten, schwebten die schwarzen breitkrempigen Zigeunerhüte. Man handelte mit Lasten, Melonen und Kalk, mit Schwernissen, die von einem Ort zum anderen bewegt wurden, als hielte das die Welt in ihrer Drehung, als sorgte das dafür, dass es endlich irgendwann auch Abend und dann Nacht würde, dass sich ein dunstigblaues Dunkel über den Himmel schieben würde, mit kleinen Sternenritzen und einem feingeschnittenen Mondloch, dass man im Dunkel auf den Veranden sitzen konnte, die Melonen aufbrechen, das Gesicht in den Duft tauchen, die Kerne ins Dunkel spucken zwischen die knisternden Malvenstängel, in die heiseren Rufe der Pfauen hinein.

Manchmal fuhren Spritzwagen durch die Straßen am Markt, ein wenig Wasser sammelte sich in den Schlaglöchern, dampfte, Hunde kamen aus den Schatten und steckten ihre Nasen in die Lachen, es roch nach nassem Staub. Am späten Nachmittag radelten die Männer nach Hause, eine Melone auf dem Gepäckträger, denn die Väter waren für die Melonen zuständig, sie radelten durch die länger gewordenen Schatten, vorbei an den Hunden, den Resten von Hunden und Melonen, den ausgetrockneten Pfützen, dem

Rascheln der Zigeunerinnenröcke, den schneeweißen Spuren der Kalkhändler rollten sie diese stummen grünen Tiere heim, die Ausgeburt ihres ganzen Mörtel- und Ziegeltags, ihres ganzen Pfeifens, Grölens, Schwitzens und Gähnens, die ihr Heim mit blasser Süße erfüllen würde, mit der tageswidrigen Abendsüße.

Antal kam nach Hause, er brachte keine Melone mit, sein Haar war voller Mörtel. Er setzte sich auf die Veranda und rauchte, dann ließ er die Pfauen aus dem Gehege. Die Pfauen stolzierten herum, und Antal streifte die Asche ins Gras, während er sie hütete, mit stumpfem Blick pickten sie zwischen den Blumen und Büschen, staksten durch das Unkraut, das in der Hitze mit sausendem Wuchs emporschnellte, scharfblütige Dolden auf Stängeln, die immer weiterkrochen, auch wenn sie geknickt wurden.

Die Neue Frau stand im langen Abendschatten des Hauses und pflückte Malvenhülsen, wie kleine Päckchen sahen sie aus, die niemand mehr hatte zuschnüren können, und drinnen saßen die Samen im Kreis, winzige getrocknete Tiere, denen man nicht ansehen konnte, ob sie zu Luft, Wasser oder Erde gehören würden. Sie ließ die Samen von einer Hand in die andere rieseln, Hast du eine Melone gebracht?, fragte sie.

Ich bin so müde, sagte Antal, Ich hab die Melonen nicht mehr geschafft, morgen besorge ich uns eine Melone, er starrte auf die staksenden Pfauen, die mit der Freiheit draußen vor ihrem Gehege nichts anzufangen wussten, sie fraßen und rupften und irrten dabei immer wieder zurück durch das Tor in ihre Umzäunung, glotzten durch den Maschendraht hinaus, als wollten sie sich vergewissern, dass alles beim Alten blieb, das Drinnen und Draußen, die von den Drähten umwürfelte Welt, ihre kleine Zuflucht auf graugewetztem Grund.

Nebenan streute die alte Frau Melonenreste ihren Hühnern vor, mit schrillen Lauten zankten sich hochbeinige braune Küken um die Fruchtfetzen in der Schale, alle scharten sich um das ausgeweidete Melonentierchen, das der Polizistenvater heimgefahren hatte, unter den tiefhängenden Zwetschgenbäumen war er entlanggeradelt, durch die Hitzeschatten der Gartenmauern und Zäune, auf dem Gepäckträger die Melone, die er, zu Hause angekommen, mit dumpfem Knacken vor seinen beiden kleinen Töchtern aufbrach, das war des Vaters Abendfrucht, wenn er heimkehrte, die kleinen Mädchen bissen sich in den Melonenstücken fest, bis die Großmutter sie ihnen aus den Händen wand und ins Gehege zu den Hühnern warf, die träge Mutter sah zu, den Kopf lächelnd schiefgelegt, und wischte den Kindern über die klebrigen Münder, Jetzt ist es Abend, sagte sie dazu, während die Hühner die Melonenbrocken rissen.

Ein Vogel trillerte in die bleiche Hitze, immer der gleiche Triller, Das ist mein Zuhausevogel, sagte Antal. Im Frühsommer bebte die Kehle des Vogels um den Klang, der in kleinen schillernden Seifenblasen zwischen den Zweigen schwamm, zwei kurze Vorschläge, ein langer Ton: ichbindaaaa, wobistduuu, hierdertaaag, dadienaaaacht; während die Hitze sich breitmachte, dieses grelle Weiß der Tage, in dem sich alles zu blendenden Luftspiegelungen auflöste, wurde der Vogelruf scharf, dringend, nichts mehr bebte, tremolierte, glatter Klangstein einer Vogelendgültigkeit.

Die Pfauen schrien heiser den hitzedunstigen Abend an,

während die Sonne braunrot zu Horizont verschwamm, sie wurden Schatten mit schreiwunden Hälsen, die ruckten, und Antal sperrte die Tür des Geheges zu. Einen Augenblick standen die Vögel starr auf der leergerupften Erde, als besännen sie sich auf die nicht ergriffenen Gelegenheiten der ihnen jetzt versagten Freiheit, dann stelzten sie langsam in ihr Haus zwischen schütterem Holundergebüsch und einem Apfelbaum, der unter den bissigen Pfauenlauten klein und kümmerlich blieb.

Die Pfauen bringen mich um den Verstand, sagte die Neue Frau. Sie schreien so gierig. Sie sind gierig nach den Schmerzen, die sie mit ihrem Schreien machen können.

Meine Mutter liebte ihre Pfauen, sagte Antal, er rauchte und schnipste die Asche in eine Muschel aus dem Fluss, fuhr mit dem Nagel über den scharfen Rand, der schon schartig geschlagen war.

Die Muschel ist kaputt, sagte die Neue Frau.

Macht nichts, wir fahren wieder an den Fluss, und ich hole eine neue Muschel aus dem Wasser. Lass uns bald wieder in den üdülő fahren, sagte Antal, da geht es mir gut, und dort schreien keine Pfauen. Er griff in die Luft nach den Fliegen, die sich sammelten und immer wieder auf die blassroten Vierecke in der Decke hinabstießen, als verheiße diese Farbe im heraufziehenden Abend einen besonderen Genuss.

In der Stadt schwankten um diese Zeit die schönen Mädchen auf hohen Hacken an den Kaffeehausterrassen vorbei, der Abend hing klebrig an den Mauern und Balkonen zwischen Fluss und Boulevard, er wollte noch ein wenig bleiben und mit des Tages Überbleibseln spielen, mit dem Weggeworfenen und Abhandengekommenen der blendend hellen Stunden. Die Fernseher liefen und warfen ihr buntes Licht durch die Balkontüren ins Dunkel, Wohin, wohin, spaßten die Männer den Mädchen hinterher, niemandem war es so recht nach Schmiegen zumute, lieber doch nur ein Spiel der tätowierten Körperwinkel, der lauschigen Beugen. Es roch nach Paprika und Bratfett, und nach dem leichtherzigen Parfüm der Mädchen. In den Gassen am Fluss roch es nach Abfall, nach Geißblatt und Wasser, und an der breiten heißen Straße der Kalkhändler roch es nach Asphalt und Gummi, und nach den bitteren spitzen schwarzen Lebensbäumchen vom Friedhof. Auf den Feldern am Ostrand der Vorstadt hüteten schnauzbärtige Männer die Melonen bis zum Morgengrauen, versahen ihr stummes Rudel durch die Nacht, während am Westrand die Schafherden schlummerten, vom Himmel gesunkene Wolkenfelder im struppigen Sommergras. Es war Nacht, schlaflos saßen die Müden auf den Veranden, Antal rauchte, Hörst du diese Hunde, sagte Antal, als wären sie noch zu erlauschen, diese Hundestimmen, die hin und her ratschten und rollten und kollerten, durch die Nacht, über die Köpfe der Schläfer hinweg, die Nacht zerbeißend, zu Lautstücken fetzend, ein großes wogendes Palaver, das jedem die Sprache verschlug.

Feuer

Lacibácsi saß am offenen Kneipenfenster und atmete den heißen Morgenwind, der in kurzen Stößen hereinfuhr. Der Fluss stank, dabei war es dem Hörensagen nach hier noch lange nicht so schlimm wie andernorts, die tiefe Rinne in der Mitte erlaubte noch ein Wasserleben, eine Fischzuflucht, dort glitzerte die Sonne noch frisch auf ziehendem, sich spärlich wellendem Wasser, nur uferwärts waren Inselchen aufgestiegen, Flussboden war zutage getreten, der Fluss entblößte sich, es war eine Nacktheit, die Lacibácsi traurig stimmte.

Kriszti räumte zwischen den Tischen und Stühlen auf der Veranda, rückte, fegte, trug Splitter zusammen, sammelte Gläser ein. Die Bierlachen trocknete der warme Wind, nur der hefige Gestank blieb, diese schale Gärigkeit, die sich in den allgemeinen üblen Hitzegeruch fügte. Lacibácsi starrte Krisztís Rücken an, von ihrem Nacken bis zum Hintern, alles war leer in ihm, trocken und leer, wenn er sie sah, genauso leer wie nachts, wenn sie sich zu ihm legte, sich an seinen Rücken drängte. Geh weg, hatte er zuerst gesagt, geh weg, aber sie wollte gar nichts von ihm, sie hatte sich nur an ihn gedrückt auf dem schmalen klammen Hinterzimmerbett, seine Haut, spürte Lacibácsi, seine Haut war Leder, narbiges stinkendes Leder, wenn sie gegen ihre Haut stieß, die dünn war wie an den überraschenden empfindlichen Stellen von Tieren; direkt unter dieser Haut lag das Leben, ein warmes, unaufhörliches, gedankenloses Pulsieren, dem es wohler war, wenn es sich an Lacibácsis Lederhaut drängte und sie morgens wieder verließ, sein Lederrücken war der Schild dieser Lebenswärme gegen die Flussnacht, gegen die Scheu des kreisenden Bluts vor dem Einbruch der Finsternis. Halbwach verbrachten sie so die Nächte, ohne ein Wort, eine weitere Geste als dieses gelegentliche Reiben ihrer Brust an seinem Rücken, ein Zucken ihres Arms an seiner Hüfte, absichtslose Regungen des Halbschlafs, den die Hitze zuließ.

Im Dämmer dieses Halbschlafs hatte Lacibácsi manchmal einen Traum, es war immer derselbe. Er saß in einem Auto mit einem Zwiebelmann und der Ruthfrau. Die beiden saßen auf den Vordersitzen, er auf der Rückbank. Sie fuhren durch das Land vor der Stadt. Die Stadt und die Vorstadt lagen in ihrem Rücken, das Land war grell und flach bis zum Horizont. Es war fahl und bleich von der Sonne. Die Maisstrünke standen gebündelt wie im Herbst, ganze Reihen ratloser Bittsteller voll Ahnung der Vergeblichkeit ihrer Bitten in dem gleißenden Licht, obwohl es noch gar nicht Herbst war. In der Ferne stieg Rauch auf. Die Felder links der Straße waren schwarzbraun verbrannt, ein Flammenstrang kroch über das Land, ein flackerndes Band, in der Helligkeit nur am lockigen Rauch erkennbar. Auf der anderen Seite der Straße brannte es nicht.

Évike, Rubin meines Lebens, sagte Lacibácsi zu seiner Frau, lass uns umkehren.

Kehr um, sagte die Ruthfrau zu dem Zwiebelmann, und er drehte auf der Straße um. Sie fuhren weiter, doch das

Feuer erschien wieder auf der linken Seite der Straße, Lacibácsi spürte wieder die Stadt in seinem Rücken entgleiten und sah den Horizont, vom Rauch getrübt, verschwimmen.

Évike, sagte er und beugte sich nach vorn, zwischen den Zwiebelmann und die Ruthfrau, Évike, mein Goldblatt und Edelstein, wo ist der Fluss hingekommen?

Wo ist der Fluss?, fragte die Ruthfrau den Zwiebelmann, Sag schon, wo ist der Fluss?, doch der Zwiebelmann lachte nur. Die Ruthfrau fing auch an zu lachen, ganz leise lachten sie vorne im Auto, ihre Körper zitterten vor leisem Lachen, kein Wort sagten sie, lachten nur, lachten, bebend und stumm, und die zur Hälfte brennende Landschaft zog an ihnen vorbei, als wären sie die Unbeweglichen, als würde die Straße und das Land zu ihren Seiten nur wie ein mäßig buntes Bilderband vorbeigekurbelt.

Lacibácsi erwachte aus diesem Traum immer erleichtert in das Klirren der Pappelblätter und das leise Rauschen, das die Nacht am Fluss erfüllte, er wartete auf den Morgen, auf das Sitzen am Kneipenfenster bis die ersten Gäste kamen, auf Krisztís schweigende Verrichtungen, als wäre sie immer dagewesen.

Hast du keinen Schatz?, fragte Lacibácsi sie. Krisztí lachte, Das ist so ein altes Wort, so sagt man heute nicht mehr.

Aber die Sache ist dieselbe, sagte Lacibácsi heiser.

Mein Schatz hat eine andere Frau, sagte Krisztí, sie lachte wieder, als genierte sie sich wegen des Wortes.

Die Kozakjungs kamen zu zweit, zu dritt, zu viert, tranken ein Morgenbier gegen das Albdrücken der Nächte in ihrem Stelzenhaus mit all dem ineinanderverflochtenen Stöhnen, Hecheln, Ächzen, der Schweiß des ruhelosen Schlafs saß ihnen noch in den Körperfalten, sie rochen nach Bett und unabgewaschenem Flusswasser, nach den Schwarten und Knorpeln, die noch unverdaut in ihren Bäuchen lagen, nach den Resten von Bier, das noch unter ihrer Haut seine Bahnen zog.

Beim Morgenbier erzählten sie von ihren Ausflügen in die daheimgelassene Welt der Vorstadt, die sie im Sommer gelegentlich aus dem üdülő zu Geschäften aufsuchten. Lacibácsi schirmte seine Augen mit der Hand ab, als blende ihn auch hier, unter den hohen Pappeln, die Sonne aus der Gegend der Erzählungen, die Sonne, die auf die berichteten Unfälle und Misslichkeiten schien, auf das weite Land, in dem sich allnächtlich vor seinen Augen die Feuer ausbreiteten. Und tatsächlich erzählten die Kozakjungs lachend, wie sie von allen Unbilden stets lachend berichteten, von den Bränden dieses Hitzejahrs, die Lacibácsi nicht erlebt hatte, und Lacibácsi winkte mit der Hand ab, müde und kozaksatt, in einer plötzlichen Aufwallung von Überdruss wollte er ihre versammelten Münder zuwischen, Ich kenne sie alle, sagte er laut mit zerspleißender Stimme, zu laut für den üdülő, zu laut für seinen wortkranken Kehlkopf: Ich kenne die Kriech- und Schwel- und Loderbrände, die Flächenbrände mit den stampfenden, rufenden, klirrenden Menschenketten, die auch nach einem Menschengedenken der Hilflosigkeit noch das Feuer überlisten wollen, die gierigen Züngelbrände, die Bäume und Schuppen zu schwarzen Zahnstümpfen in diesem weiten Maul der Ebene machen, und die Hausbrände kenne ich, die nur noch schartige Wände hinterlassen, hinter denen die ihres Obdachs Beraubten hausen und aus den Fensterlöchern schauen, als gäbe es noch ein Drinnen und Draußen für sie, während ihre Kinder auf den von verkohltem Wein umrankten Verandaresten sitzen und starren, einfach nur starren, mit Augen, die, vom Feuer stumpf geworden, rückwärts sehen, nicht mehr vorwärts, ins Leere.

Lacibácsis Augen quollen trüb auf, so hatte er seinen Kehlkopf, seine Zunge, seine Erinnerung und seine Träume erschöpft. Die Kozakjungs hielten sich sprachlos an ihren Biergläsern fest, damit ihnen Lacibácsis raue, schrappende Wortflut nicht die Beine unter den Bäuchen wegziehen und sie irgendwohin wegschwemmen würde, womöglich auf die weite Flur der schwelenden Feuer dort draußen, im Flachland vor der Stadt.

üdülö

Komm, hatte Zwiebelmann Jimmy zu Katica gesagt, komm
mit mir in den üdülö!, und jetzt stand sie am Rand der
Wohnblocks bereit, in einem Kleid mit großen roten Blumen und in weißen Schuhen, sie hielt ihre Tasche mit zwei
Händen fest, die Tasche baumelte vor ihren Schenkeln, die sie
unter dem Großeblumenkleid verschränkt hielt, als stehe sie
nur dieser verhedderten Beine wegen auf der Stelle, weil die
Beine nicht wussten, wohin mit sich selbst, vor- oder hinter-
einander. Wolken warfen Schatten auf den aufgewirbelten
Staub, der hinter den Särglein-Kutschen herzog, und auf die
Blicke, die den Kutschbockmännern von den halbgeschlossenen Augen fielen. Frauen in langen bunten Röcken über-
querten die Fahrbahnen zu beiden Seiten des Straßenbahn-
damms, sie hielten Schachteln und Taschen unter dem Arm,
ihre Gesichter waren groß von der Wichtigkeit, die sie an
diesem Morgen zu allseits unbekanntem Zweck durch die
Stadt trugen, keine Rede von Zigaretten, Handlesen oder
Glitzergold. Während Katica ihres Ausflugs harrte, hatten die
bunten Frauen, die nie den Weg in den üdülö finden würden,
Ernsteres zu tun und verschwanden deshalb zwischen den
besenbraunen Malvenstängeln in den Eingängen niedriger
Häuser neben den Wohnblocks. Casa Puskin stand in weißen
Lettern auf einem Zaun, dahinter lag ein stumpffrosa Haus

mit großen Fenstern, hinter denen man Tische und Stühle kreuz und quer in einem menschenleeren Raum stehen sah. Ein Fenster war schief mit Leinwand verhängt. Die Sonne stach mit ihrer Hitze, die Wolken drückten mit ihrer Hitze, Stechen und Drücken trafen Katicas Kopf und Herz und Bauch, immer abwechselnd.

Zwiebelmann Jimmy kam an, neben ihm saß die Ruthfrau. Katica setzte sich auf die Rückbank. Alle wollen in den üdülő, sagte die Ruthfrau. Wirklich? fragte Katica.

Sie fuhren durch Spätsommerland. Sonnenblumen, Mais, Sonnenblumen, Mais, Kürbisse, Himmel, Himmel, Sonnenblumen. Die Sonnenblumen braunschwarz, trocken, so kopfschwer, dass ihr Aufrechtstehen ein Wunder war. Hätte man aus dem Fahrtsausen hinauslauschen können, hätte man ein heiseres Flüstern gehört, wenn sie sich im Wind regten. Der Himmel war weiß mit weichen grauen Kissen. Wolken, die nicht wussten wohin mit sich, denn das struppig-fahle hitzeschrundige Land unter ihnen wollte sie nicht.

Was gibt es Neues?, fragte die Ruthfrau. Nichts, sagte Katica. Vorgestern hat sich mein Nachbar erschossen. Aber das ist doch was, sagte die Ruthfrau.

Er hat es gut gehabt, Grenzler war er, da konnte er sich eine Pistole für die Nacht ausborgen. Bei mir streunert ein Hund herum, hat er gesagt, dabei wohnt er im dritten Stock. Und wo streunert denn kein Hund herum, so viele Pistolen gibt es ja nicht auf der Welt wie streunende Hungerhunde. Aber einer hat ihm die Pistole für die Nacht gelassen. Sein Mädchen war eine kleine Schöne, neben der Tankstelle hat sie die bulgarischen Lastwagen abgepasst, das waren ihre Spezis. Woher hast du all die schönen Kleider?, hat der Grenzler sie einmal gefragt, so laut, dass alle Nachbarn es hören konnten, Sag mir, mein Schatz, woher kommen all diese Kleider und die goldenen Schuhe und die Klirrkettchen? Ich bin doch eine Prinzessin, hat das Mädchen gesagt, Eine Prinzessin aus dem Morgenland, sie stand auf dem Balkon, als hätte sie Angst vor ihm, aber sie hat gelacht, so ein hohes schneidendes Lachen hatte sie an diesem Abend, ich glaube, da hat der Grenzler was gemerkt. Und dann hat er sie neben der Tankstelle gesehen, am Oasishotel, mit ihren Goldschuhen und einem roten Glitzerkleid, ich hab es mitbekommen, wie er aus seinem Auto geguckt hat, ganz langsam ist er vorbeigefahren, und sie hat es nicht gemerkt, sie hat gedacht, er hat Dienst und hat nur auf die Lastwagen geachtet. Er hat sich in den Mund geschossen.

Für sowas sind die Grenzen gut, sagte Zwiebelmann Jimmy. Wo hätte er sonst so schnell eine Pistole hergenommen?

Den Fluss erkannte man von fern an dem graugrünen Auwald, der ihn säumte und behütete, wulstig lag er in einem großen Bogen vor dem Horizont, darüber flimmerte die Luft anders. Im Schutz dieses Auwalds lagen verschollene Brücken von Land zu Land, bröckelnde Fährenrampen, faulende Boote, das ganze Konntenzusammennichtkommen, das einen solchen Fluss begleitet, und das Kieswerk, das nachts das Dunkel mahlte, bis Träume daraus wurden.

Im üdülő ging es hoch her. Mal wieder waren die Kozakjungs Könige, ihr Kozaklaci hatte das Schlagerradio hergebracht, in einem weißen großen Auto mit allerhand Apparaten, heute übertragen wir aus dem üdülő in Soundso, hieß es für aller Ohren, jeder durfte in ein großes Mikrofon sprechen, aufgefordert von einem Mann im Unterhemd, mit zarten kleinen Tätowierungen auf seinen glänzend braunen Oberarmen, zwei Schlangen und ein Herz, umringt von Marikas und Zsuzsikas in Bikini und Glitzerschlappen, begierig sich zu äußern, über irgendetwas, am liebsten das ganze Leben, lippenbeißend im Grübeln über das, was denn ihr Leben sein sollte, wie sollte ihr Leben denn aussehen, in zweidrei Sätzen, und was war ihr liebstes Lied, denn das, so hatte Kozaklaci versprochen, das durfte man sich auch noch wünschen. Die Motorradfahrer ließen ihre Maschinen knurren, Zwei Kaffee und eine Cola, sagte Antal zu Krisztí, die sich über den Tisch beugte, an dem er mit seinem Sohn saß. Wo hast du denn die Neue Frau gelassen?, fragte Krisztí aus ihrem weißen Bauch über dem Lederrock, und Antal antwortete nichts. Miklós wusste nicht wohin mit seinen langen Armen und Händen, mit seinen schwarzen Nichtmehrkinderaugen, er starrte alles an und nichts, Krisztí und die Kozakjungs, die Pappeln und die Schlappen der Bikinifrauen, das alles floss durch seine Augen hindurch, und die Neue Frau kam und setzte sich zu ihnen, sie schwiegen zu dritt. Die Neue Frau roch nach Zitrone, merkte Krisztí, als sie den Kaffee brachte, beim letzten Mal hatte sie nach Mandeln gerochen, was ging sie das an.

Évike, mein Perlenstern, auch du gibst uns heute die Ehre!, fistelte Lacibácsi, denn um seinen Kehlkopf stand es immer schlechter in diesem trockenen Sommer. Er führte die Ruthfrau an einen Tisch auf der Veranda, Bald ist der Fluss nicht mehr da, sagte er heiserflüsternd und zeigte zwischen den Pappeln hindurch, wo man wirklich kaum noch den Wasserspiegel zwischen dem diesseitigen Ufer und der

Auwaldinsel sah. Katica stand auf der Treppe der Kneipenveranda im Wind, und aller Augen schauten zu ihr, denn
sie allein trug ein richtiges Kleid wie für einen Auftritt, ein
buntes Großeblumenkleid, das leuchtete und sich bauschte,
obwohl man das im Radio gar nicht sah. Der Mann vom
Schlagerradio wurde auch gleich auf sie aufmerksam, machte ein paar Schritte auf sie zu, durch den Trupp der spärlich
Bekleideten, vorbei an Tätowierungen, Haut und Geglitzer,
das dicke Mikrofon stieß auf seinem Weg zu Katica durch das
versammelte Nachsinnen über passende Sätze und das Lieb-
ste an erwünschten Liedern, dann kam es fast bei ihrem
Mund an und machte Halt. Katicas Mund war rosarot von
Lippenstift, an ihr war so viel Rot, dass sie im üdülő hervor-
stach wie etwas Wundes.

Ich heiße Katica, sagte sie auf die Frage ins Mikrofon. Ja,
ich heiße Katica, sagte sie dann noch einmal, als hätte sie ganz
kurz Zweifel daran gehabt. Ich bin zum ersten Mal hier im
üdülő. Ich habe Näherin gelernt, jetzt bin ich aber Putzfrau
in einer Tankstelle an der Grenze. Bravo, Katica, sagte der
Mikrofonmann, Hervorragend, Katica, was ist dein Lieblingslied? Ich weiß nicht, sagte Katica, Ich höre alles gern. Der
Mikrofonmann zog ein Enttäuschungsgesicht, Du hast doch
bestimmt ein Lieblingslied? Ja, sagte Katica, Das stimmt,
ich habe ein Lieblingslied, das geht so. Sie begann ein Lied zu
summen, dabei schloss sie die Augen, Bravo, sagte der Mikrofonmann wieder, Bravo Katica, wenn ich richtig höre, ist
es das Lied Soundso, das spielen wir jetzt dir zu Ehren, also,
jetzt Katicas Lieblingslied! Ein paar Männer klatschten unsicher in die Hände, wer konnte schon wissen, was bei einer
solchen Veranstaltung angezeigt war, aber ihr Klatschen

versickerte dünn unter den Klängen von Katicas Lieblingslied, das jetzt aus einem Lautsprecher im Radiowagen tönte.

Krisztí winkte aus der Kneipe, Katica setzte sich in ihrem Blumenrock auf die Treppe zur Kneipenveranda, bändigte ihr Rot im sommerfahlen üdülő, drückte sich in einen Schatten, denn Müdigkeit hatte sie überwältigt und ratlos schaute sie sich nach dem Zwiebelmann um, der in einiger Entfernung mit einer kleinen Gruppe Kozakjungs ein Streitgespräch führte.

Eine Bikinifrau namens Zsuzsika erklärte ins Radiomikrofon, dass sie gerne im üdülő am offenen Feuer koche und am liebsten Zámbó Jimmy höre. Manche lachten, es kam ihnen altmodisch vor, doch ihr Gesicht glänzte während das Lieblingslied lief. Danach schlapste sie in ihren fast verglitzerten Sandalen zurück in ihre Laube, herzschwer von ihrem Auftritt, der unsichtbaren Öffentlichkeit, die sie sich verliehen hatte. Ihr Blick fiel auf den Kessel am Dreibein, den sich jetzt mancher Hörer vorstellen mochte, auf den beißenden Rauch, der aus der Herdstatt kräuselte, die letzte Glut.

Miklós und Antal waren am Radiowagen, die Neue Frau abseits, im unsteten Pappelschatten. Miklós stand mit hängenden Armen, halb scheu, halb bedeutungsgierig im schütter gewordenen Grüppchen der Warter, Gucker, Hörer, auch der Mikrofonmann war müde in der schweren klebrigen Mittagshitze.

Ich heiße Antal, ich bin Maurer, ich möchte bitte mein Lieblingslied Ciao Ciao Malena.

Miklós zuckte nur mit den Schultern, als der Mikrofonmann vor ihm stand. Er grinste und hob kurz die Schultern, sah seinen Vater an, blickte sich nach der Neuen Frau um, schwieg.

Und du, du da! sagte der Mikrofonmann zur Neuen Frau, er wollte Schluss machen mit dem üdülő, sein Mikrofon einpacken, dem Fluss den Rücken kehren, zurück in die Stadt, Schweiß zeichnete sich auf seinem Hemd ab, stand ihm auf den Brauen. Wo kommst du her?, fragte er die Neue Frau, und Antal zog sie leicht am Arm auf das Mikrofon zu, Sag schon, flüsterte er ihr zu.

Ich bin nicht von hier, sagte die Neue Frau. Ich bin hier ganz fremd.

Klar, sagte der Mikrofonmann, Klar, prima, was ist dein Lieblingslied? Hast du ein schönes Lieblingslied?

Ja, sagte die Neue Frau, Ich habe viele Lieblingslieder, heute möchte ich eines hören, das heißt Idegen földre ne siess. Mach keine Witze grinste der Mikrofonmann, Jetzt willst du mich verscheißern, er grinste verschwitzt. Antal ließ den Arm der Neuen Frau los, Komm wir gehen ins Wasser, sagte Miklós zu ihm, und sie gingen, staksten durch den muschelscherbigen Schlamm, schlenkerten ihre Beine ins Wasser.

Unentschlossen zerstreuten sich die Herumsteher um den Radiowagen, die Wolken drückten jedermann auf die Schläfen, wenige badeten, der Rauch von den Grillfeuern brenzelte über dem ganzen Gelände. Ein paar Schlagertakte dröhnten aus dem Radiowagen auf, verstummten. Kriszti und Katica schlenderten auf den Bootssteg, der jetzt fast im Leeren stand und unter den Schritten ächzte, an der Spitze des Stegs blieben sie stehen, beschrieben zu unhörbaren Worten Unerkennbares in die Luft.

Die Neue Frau starrte auf den Fluss. Auf Antal und Miklós, die im Wasser zu zwei anderen Menschen wurden, die ihr namenlos fremd waren, zwei Köpfe, zwei Oberkörper, zwei Rufmünder, die nichts mehr mit ihr, nur noch etwas mit dem Fluss, dem blaugrünen Auwald der Insel, dem Steg, den zwei Frauen, den angetäuten Booten, dem grauen Himmel zu tun hatten. Mit ihrem Eintauchen in den Fluss hatte sich alle Zugehörigkeit verschoben. Sekundenlang hüllte eine undurchdringliche Stille den ganzen üdülő ein wie eine Blase, in der Werden und Vergehen unentschlossen verharrten, vielleicht unbemerkt die Plätze tauschten, und alles, was in diesem stillen Moment hier sichtbar war, schien zu Stein geworden, zu einem besonders schönen, reichen und rätselhaften Fossil für solche, die viel viel später auf diesen Ort stoßen mochten.

Miklós tauchte, verschwand, bis Antal voller Angst hilflos aufs Wasser schlug und nach seinem Sohn rief, die Blase bekam Sprünge, alles kippte voneinander weg in ein neues Rätsel, Miklós tauchte weit im Fluss wieder auf, die beiden Frauen auf dem Bootssteg lachten, es donnerte ganz leise in der Ferne, und dann erscholl ein lautes Lied, in der Kneipe ging ein Glas zu Bruch, die Kozakjungs polterten davon, ruderten durch den hitzeschweren Nachmittag zu ihrem Haus, hatten bei Lacibácsi Verdruss getrunken. So, merkte nun mancher, so würde der Sommer zu Ende gehen.

Miklós

Ich bin von Natur aus ein Wassermensch, hat mein Lehrer gesagt, mein Schwimmlehrer, und das stimmt. Ich möchte am liebsten immer im Wasser sein. Im Wasser kann mir alles gelingen. Mit der Klasse gehen wir manchmal ins Stadtbad am Fluss, das ist ziemlich weit, aber dort gibt es mehrere Becken und Sprungtürme, auch Bahnen zum Wettschwimmen. Die Umkleidekabinen stinken, viele pinkeln einfach in die Kabinen, und das bleibt dann in den Ecken. Wir müssen unsere Kleider in den Umkleidekabinen lassen, und hinterher stinken unsere Kleider auch. Manchmal gehe ich den ganzen Weg vom Schwimmbad zu Fuß nach Hause, weil ich nicht will, dass die Leute im Bus denken, ich hätte mich selbst bepinkelt.

Im Schwimmbad machen wir Wettschwimmen. Die Jungen und die Mädchen schwimmen getrennt. Wenn die Jungen schwimmen, feuern die Mädchen uns an, und sie rufen die Namen von denen, die sie am liebsten haben. Ich bin eigentlich immer Erster. Ich kann mich vollkommen auf das Wasser konzentrieren und an nichts anderes mehr denken, ich höre nur zwischen meinem Atem die Anfeuerrufe oder die Kommandos von unserem Lehrer, der steht am Beckenrand und schreit uns zu, was wir machen müssen, dabei hält er die Stoppuhr in der Hand. Wenn die Mädchen dran sind, feuern wir sie an. Ich tue nur so, als feuerte ich an, denn das Mädchen, das ich am liebsten habe, gewinnt sowieso nie. Schwimmen hat sie nicht gern, hat sie mal gesagt. Was hast du denn gern?, hab ich sie gefragt, da saßen wir nebeneinander im Bus zurück vom Schwimmbad, Eiskunstlaufen, hat sie gesagt, Wenn du's genau wissen willst. Die anderen haben gekichert. Später haben sie uns mal zusammen in eine Umkleidekabine geschubst und die Tür zugehalten, das Mädchen hat geweint und getreten, dann hat sie mich angespuckt.

Das Stadtbad liegt auf einer Insel im Fluss, die heißt Sport- und Freizeitinsel. Wir gehen mit der Klasse immer über den schmalen Steg vom Ufer bis zur Insel, der Steg schwankt im Sommer, wenn viele Leute drauf sind, aber ich habe keine Angst, ich würde es auf jeden Fall schaffen zum Ufer zu schwimmen. Der Fluss stinkt allerdings, deshalb ist es auch verboten, dort zu schwimmen, aber unser Lehrer hat erzählt, dass sie früher immer im Fluss geschwommen sind, von einem Ufer zum anderen, das war eine Mutprobe, denn der Fluss ist gefährlich, jedenfalls in der Stadt. Das ist wegen der Brücken, hat unser Schwimmlehrer gesagt.

Im Sommer sind Buden mit Eis und Bier geöffnet, und manchmal gibt es schon mittags Prügeleien hinter den Kneipenbuden. Im Winter ist das Schwimmbad zu, aber man kann über den Steg auf die Insel gehen, der Fluss unter dem Steg ist oft zugefroren, und Schnee liegt auf dem Eis, das ist komisch, denn dann sieht der Fluss aus wie ein Weg. Die Becken stehen leer und sind ganz anders als im Sommer, im Beton sind große Risse, und im Boden Löcher. So leer sehen die Becken sehr tief aus, ich würde jedenfalls nicht reinspringen, außer ich wollte mich umbringen, aber das würde wahrscheinlich nicht klappen, da würde man sich nur die Beine brechen. Höchstens vom Sprungturm, das wäre hoch genug. Lieber nicht drandenken. Die ganze Schwimmbadinsel ist im Winter leer, die Buden sind zu, nur hinter den Umkleidekabinen sind manchmal Liebespärchen, und auf der Liegewiese sitzen Krähen.

Mein Lehrer will, dass ich Sportschwimmer werde, das möchte ich auch gerne. Wir fahren manchmal zu Wettbewerben in andere Städte, das gefällt mir, ich bin auch oft unter den Ersten. Mit den Badehosen, den Schwimmkappen und den Brillen sind wir alle nur noch Schwimmer, man kann uns kaum noch voneinander unterscheiden. Man erkennt einen nur noch daran, wie er schwimmt.

Aber am liebsten schwimme ich im Fluss, am üdülő draußen. Wir fahren oft in den üdülő, das ist nicht so weit von hier. Dort bin ich gern, der Fluss ist breit, an manchen Stellen tief, an anderen ganz seicht, es gibt warme Sandbänke und tiefe kalte Löcher. Das Wasser fühlt sich dort immer anders an, es kann ganz weich und süßlich tun und im nächsten Augenblick hat es schlechte Laune, auf einmal wird es hart und scharf, dann bekomme ich sogar eine Gänsehaut unter Wasser. Ich rede mit dem Wasser, wenn es so hässlich wird, aber nur so, dass man es nicht hört, jetzt sei doch wieder gut, sage ich dann, oder so ähnlich, komm stell dich nicht so an, ist doch nichts passiert. Und dann ändert es sich wieder. Es gibt auch Pflanzen unter Wasser, die schlingen sich um die Beine wie Wassertiere, wie Schlangen, da bekommen sicher manche Leute Angst. Am Fluss kann man in alle Richtungen schwimmen, einmal möchte ich hinüber zu der Insel in der Mitte des Flusses. Dort ist niemand, dort herrscht eine richtige Wildnis, ab und zu rudert mal einer im Kahn hinüber und sitzt da am Ufer und angelt und guckt zu uns in den üdülő. Dorthin schwimmen wir, wenn du erwachsen bist, hat mein Vater gesagt, aber ich kann auch jetzt schon besser schwimmen als er, ich würde es auf jeden Fall schaffen, aber er nicht, er bekommt auf halbem Weg immer Angst, wenn er die Tiefe spürt, wo das Wasser so dunkel wird und keine Wasserpflanzen mehr in die Füße greifen. Ich merke genau, dass er da Angst bekommt, denn dann sagt er: Komm, wir schwimmen zurück, dafür bist du noch zu klein, oder: Nächstes Mal schwimmen wir bis ganz rüber, aber dann tun wir es doch nicht.

Das Meer habe ich noch nie gesehen. Ich weiß nicht, wie ich es mir vorstellen soll. Außer für Schwimmen interessiere ich mich noch für Schiffsuntergänge, vor allem von der Titanic, darüber habe ich alles gelesen. Manchmal denke ich darüber nach, ob ich in diesem Meer hätte schwimmen können. Ob ich das überlebt hätte. Wie das ist, wenn wirklich nur nur Wasser da ist, keine Insel, kein Ufer, nichts.

Ich möchte auf jeden Fall später Schwimmer sein. Man braucht ja nicht unbedingt Sportschwimmer zu sein, hat mein Lehrer gesagt, man kann auch Schwimmlehrer werden oder Rettungsschwimmer. Hauptsache, man ist im Wasser und kann immer schwimmen, so viel man will.

Schrott

Antal, guter Freund, riefen die Kozakjungs schon von weitem, Antal, unser Kamerad, dich suchen wir!, als hätten sie ihn tatsächlich, nur ihn gesucht und nun unverhofft gefunden, ein türkisgrüner Schatten zwischen hohem knisternden Blumengestrüpp an der Straße, zwischen Straße und Tor, dem die Pfauen schon heiser entgegenschrien, ihrem Herrn und Hüter, ein müder Abendschatten. Er drehte sich um, das Gerufenwerden bekam ihm gut, es klang nach Fußfassen auf dem Boden einer festeren Welt als seiner hiesigen, jetzigen, von Pfauen, Malven und einer ihm fremden Wortkargheit gesäumten, es klang nach kumpanenlustiger Kozakwelt, die den stumpfen Ton des Mörtelschmierens, das Pfauenlauschen und Schweigen seines neuen Lebens aufhellen könnte. Antal winkte, die Kozakjungs schwemmten ihn mit sich davon in die neue Kneipe an der Ecke, von wo aus er die Pfauen ungewohnt gedämpft in ihrer Ratlosigkeit und getäuschten Erwartung schreien hörte.

Wenn die Kozakjungs nach Helfern suchten, hatten sie Autoarbeit im Sinn, Schrott- und Ersatzteilarbeit im Dienst von Kozakferi, dem Meister des weißen Prachtautos. Dann ging es ans Stöbern am Schäferblock oder das Durchstreifen des Geländes auf dem großen sonntäglichen Automarkt kurz vor dem Oasishotel, dann hieß es Schwimmen im Gedränge der Sucher nach Prächtigerem, Besserem, nach Heilem für ihre Fahrzeuge, zwischen kahlschädeligen Bewachern von Wertsachen, schönen Mädchen, die sich am Rand des Marktes herumtrieben oder an willkürlich aufgestellte Absperrzäune lehnten, zwischen unbeholfenen kleinen Taschendieben, Kindern noch, mit verkrusteten Lippen und roten Händen, die sich im Handumdrehen unsichtbar machen konnten.

Jetzt war es ein anderes Geschäft, Ausschlachten der Todesstrecke, nannten die Kozakjungs ihren Plan. Die große Straße, die Ausfallstraße aus der Stadt nach Westen, auch Einfallstraße nach Osten, in die Stadt, unstet flirrend im Hitzelicht, war Todesstrecke, ein beliebtes Wort, das nach Wichtigkeit und Schwerwiegendem roch. Streckenweise war die Straße gesäumt von Pappeln und Akazien, die von der Größe des Himmels über dem flachen Land ablenken sollten, doch der Himmel ließ sich nicht missachten, die Kleinheit der Erde unter dem Himmel war hier atemberaubend, die Unfälle häuften sich, mit und ohne Baumstämme am Wegesrand, die Augen der Fahrer eilten den Wolken hinterher, hefteten sich ans Ferne und sahen das Nahe nicht mehr. Die Autowracks blieben tagelang stehen, an wunden Baumstämmen zerprallt, auf freiem Feld verbeult, entstellt nach einer Frontalkarambolage. Niemand bewachte die traurigen Beweise der verhängnisvollen Himmellastigkeit dieser Landschaft an Fluss und Grenze, niemand klagte sie ein, nach Tagen wurden sie abgeschleppt. Was an diesen Überbleibseln der Reisefröhlichkeiten noch zu Nutzen gebracht werden konnte, wollte Kozakferi jetzt mit Antal übernehmen, wenn Zeit und Wetter günstig waren und niemand zusah. Dabei wollten sie die Zwiebelmänner aus dem Feld schlagen, in das sie sich drängten, denn die waren nach dem Anblick von Lacibácsis Bätzchen, das ihm blieb, wenn die blauen Greiferlastwagen den Hof abgeräumt hatten, auch schrott- und autolustig geworden.

Wo gehst du hin?, fragte die Neue Frau einmal, als er sich aufmachte, es war früh am Morgen, der Himmel blauviolett, als sollte es ein Gewitter geben, aber es war nur der Rest der Nacht. Ich gehe mit den Kozakjungs arbeiten, sagte Antal. Autoarbeit. Die Neue Frau fragte nicht weiter, hob die Hand, als wollte sie winken und tat es dann doch nicht, fuhr sich nur durch die Haare.

Nachts lag er jetzt viel wach, hörte auf die Sirenen draußen, fragte sich, ob sie seiner neuen Arbeit galten, zwischendurch hörte er auch auf den Atem neben ihm, leisen, leichten Sommeratem, der ihm fremd vorkam, als wehte er über eine Grenze herüber zu ihm, so wie ihr Schweigen, ihr unterlassenes Winken, ihre spärlichen Worte.

Kozakferi kam im Morgengrauen, wenn er von Wracks wusste, er war flink und geschickt, verstand sein Handwerk, sah im Handumdrehen, was im Entstellten noch unversehrt war. Antal ging ihm zur Hand, sammelte ein, ordnete Kleinigkeiten, das machte er gern, es war wie ein Spiel, Griffe, Schrauben, Knöpfe und Hebelchen, er war folgsam und umsichtig, freute sich des Kozaklobs. Er versuchte, die Autos nicht anzusehen. Die eingedrückten Türen, hochgeschobenen Kühlerhauben, gesplitterten Scheiben, freischwebenden Steuerräder. Die Spuren von Feuer, von Blut, von Kleidung, die Fliegen, die mit den ersten Sonnenstrahlen da waren. Während Kozakferi bastelte und nichts zu sammeln oder zu ordnen war, hielt Antal Ausschau nach Polizeiwagen oder schaute auf den Boden, den Feld- und Straßenrand, es wimmelte von Ameisen, an einem Kürbisfeld zuckte eine Natter in der heißen Frühsonne, einmal, noch fast im Dämmer, sah er eine Igelfamilie. Guck doch mal, sagte er gerührt zu Kozakferi, die Igelfamilie. Du spinnst ja, lachte der, Antal, du hast nicht alle Tassen im Schrank, da lachte Antal auch, Hab ja nur Spaß gemacht, sagte er.

War die Arbeit getan, führte am Trinken kein Weg vorbei, grau hockte Antal auf einem Kneipenstuhl oder im Werkstatthof von Kozakferi, umringt von Autos, denen immer etwas fehlte, mal mehr, mal weniger, manche sahen ganz reisefertig, glänzend und sauber aus, und doch verbarg sich irgendwo unter dem Glanz ein Missstand, den es noch auszubessern galt, damit Kozakferi zu seinem Lohn kommen konnte. Kozakferi freute sich an der Ausbeute des Morgens, steckte Antal ein schmächtiges Geldchen zu, Antal beschwerte sich nicht, stolperte heim, auch nach einem Bier war ihm der Kopf schwer und groß wie die ganze Welt.

Wenn er nach Hause kam, war es heiß und grell, Unlust an allem erfüllte ihn, er kroch zurück ins Bett, unter das Laken, lauschte in den Tag der hinter den zugezogenen Vorhängen vorüberschlich, horchte auf seinen eigenen Herzschlag, schreckte auf, wenn eine Tür zufiel.

Eines Vormittags stand er mit Kozakferi auf dem Heimweg in einem Stau. An einer Kreuzung in der Vorstadt hatte sich ein Unfall ereignet. Die Opfer waren schon geborgen, die Schaulustigen zerstreuten sich, Polizisten brachten mit großen Bewegungen den erstarrten Fluss der Dinge wieder in Gang. Autos standen am Straßenrand, auf der Straße zwei zerbeulte Fahrräder, Schuhe, ein Kasten Buntstifte, eine weiße Tasche, neben jedem Ding eine kleine gelbe Tafel mit einer schwarzen Nummer. In der Mitte der Straße lagen zwei Brote, genau nebeneinander, frische längliche Weißbrote, zwei große Laibe, es sah aus als scharte sich alles andere um sie, die Brote hatten zusammen die Nummer 10.

Zu Hause musste er sich erbrechen. Die Neue Frau hielt seinen Nacken. Die Hitze, sagte er, Diese Hitze.

Die Pfauen schrien im metallischen Wind, die Tür des Pfauenhauses quietschte, der Wind bewegte sie in den Angeln.

Ich möchte in den üdülő fahren, sagte er am Abend, Bald ist der Sommer vorbei, und wir werden ihn hier vergeudet haben. Lass uns in den üdülő fahren und den Sommer genießen. Am Fluss liegen. Die Augen schließen. Ich möchte nichts mehr sehen, einmal nichts mehr sehen.

üdülö

Im Boden waren manche Risse jetzt so groß, dass Unachtsame mit dem Bein hineinrutschten, die tief hinabreichende beißende Hitze an der Haut spürten, ein Schnappen von Zähnen erwarteten, während sie sich mit Hilfe herbeigestreckter Hände und Arme aus der Kluft befreiten. In den längeren Nächten hörte man manchmal Hundegebell von der anderen Seite des Flusses, jenseits der Auwaldinsel, die den Blick hinüber verstellte.

In den Lauben und Stelzenhäusern lauerte Hader nach dem langen Sommer, die Sommerfrische platzte auf wie die Erde, es ächzte und knarrte unter den Rissen und Sprüngen. Die Kozakjungs lagen in verbissenem Zank mit den Zwiebelmännern, die sich anschickten, ihnen in der Vorstadt ins Ersatzteilgehege zu kommen, Zigeuner schimpften die Kozakjungs sie jetzt, die alten Trinkerfreunde, ihr seid ja alle Zigeuner, grölten sie Lacibácsi an, dem die Stimme inzwischen bei jedem Wort in kleine Fetzen spleißte, während seine Augen klein und schwarz vor Traurigkeit wurden.

Immer wieder gab es Regengerüchte, Regenprophezeiungen, gesprenkelte Frösche zuckten raschelnd durchs Laub und klebten schwächlich an den Häuserstelzen, jetzt gibt es Regen, hieß es, Wolken ballten sich und Donner knurrte, aber es blieb trocken, staubig, rau, die Blätter fielen früh und mit einem flachen Klirren wie von dünnem Blech, in den Baumwipfeln saßen die Vögel, die sich unter scharfen kurzen Lauten sammelten, die Abreise probten und mit ihrem unentschlossenen Getschilp und Geflatter Unruhe in die Luft setzten. In der Kneipe war nicht mehr viel los, die Motorradfahrer blieben aus, die Gäste zählten ihre letzten Sommergroschen, die Kinder trugen ihr Sommerspielzeug zusammen. Krisztí stand am Geländer der Kneipenveranda und kaute an ihren Nägeln, von denen die letzten Lackinseln abblätterten.

In ferner gelegenen Gegenden gab es dem Vernehmen nach Wolkenbrüche, gingen Fluten nieder, wurden Berghänge davongeschwemmt, Dörfer ins Rutschen gebracht, und die braune Flut, die den Sommer davonriss, schob sich flussabwärts ins ausgedörrte Flachland, gurgelte und schmatzte in den Rissen und Uferritzen, schnalzte um die Sandinselchen, leckte an Stegen und Brückenpfosten. Eines Abends nieselte es warm auch im üdülő, das ausgelaugte Weinlaub klirrte unter den Tropfen, winzige Staubkügelchen ballten sich auf den Wegen. Jetzt ist der Sommer vorbei, sagten die Marikas und Zsuzsikas zu ihren Männern, obwohl der kleine Regen bald aufhörte, eher wie ein Regenschatten vorbeigezogen war, aber sie atmeten mit leiser Erleichterung auf, streiften die Glitzerschlappen ab und studierten die weißen Streifen im staubverrunzelten Graugelb ihrer Sommerfüße.

Antal mietete einen Kahn, einen Sommerabschied auf dem gestiegenen Fluss sollte es geben, er wollte die Neue Frau zur Insel rudern und zurück, ihr den Fluss zeigen, den sie gemieden hatte, als könnte sie sich daran verbrennen. Warum geht die Neue Frau nie schwimmen?, hatte Krisztí ihn am Morgen gefragt, sie hatte sich über das Geländer der Kneipenveranda zu ihm hinuntergebeugt und gefragt, Antal, warum geht die nie ins Wasser, ist die aus Zucker? Antal hatte wider Willen gelacht, Ist doch nicht dein Bier, sagte er, aber dann mietete er den Kahn und sagte: Komm, zu der Neuen Frau, Komm, wir fahren ein bisschen Kahn. Die Sonne schien weiß, und der Fluss lag dick und still zwischen den Ufern, schwappte zwischen den Stegstelzen. Die Kozakjungs lärmten streitsüchtig mit ihren Frauen, jetzt ging es ans Einpacken und Aufräumen, das war Frauensache, unentschlossen drückten sich die Kozakjungs um Lacibácsis Kneipe, Zank und böse Worte hingen noch in den Spätsommerspinnweben unter dem Vordach, Lacibácsi schenkte ihnen keinen Blick.

Miklós schwamm um den schaukelnden Kahn, manchmal tauchte er auf, zog sich am Rand des Kahns hoch, bis er fast kippte, alles war groß und unruhig in seinem nassen Gesicht, er lachte, sein Lachen sah aus wie ein Riss zwischen Nase und Kinn, Kannst du überhaupt schwimmen? fragte er die Neue Frau. Tröpfchen sprangen von seinen Lippen auf ihren Arm, das waren die ersten Worte, die er an sie richtete, und er sah an ihr vorbei. Früher hab ich es gekonnt, sagte die Neue Frau, schwerzüngig und offenlautig, gleichgültig, so wie die Fremden sprachen, und Miklós sagte: Früher, der Lachriss zog sich zu, er grinste nur noch schmal, tauchte wieder ins Wasser, wollte erschrecken, indem er von unten an den Bootsboden klopfte, Antal lachte klein und sprang ins Wasser zu seinem Sohn, suchte ihn unter dem Boot, tauchte flussabwärts wieder mit ihm auf, beide schüttelten den Kopf wie junge Hunde, stießen Wasser aus Nase und Mund, jaul-

ten, Krisztí winkte ihnen vom Steg. Die Neue Frau saß pup-
penstill und unsicher auf ihrer Brettbank im Boot, ließ sich
dann auf den feuchten Bootsboden gleiten, das Boot wurde
ruhiger, steter, sie blickte in den Himmel, den Fluss hinab,
da standen Wolken lila und braun, ein Hitzestau über dem
Fluss, der Auwald darunter silbergrau, fast weiß. Antal und
Miklós schwammen in großen Stößen ohne Richtung, ein
Zickzack mitten im Fluss zwischen Steg und Boot, dann
tauchten sie ab, die Neue Frau ahnte sie im unruhigen Wasser um das Boot, das schaukelte, schwankte, sie hörte Schar-
ren und Schnaufen zwischen Wasser und Luft, das Schnappen
von Mündern, die zu viel Wasser geschluckt hatten, Hände,
die nach der Oberfläche greifen wollten, den Kahn packten,
rissen, kippten.

Miklós lachte, hatte wieder Boden unter den Füßen,
stand dünn und krumm vor Lachen am Ufer, eine Muschel in
der Hand, während Antal die Arme um den Kahn breitete,
der umgestülpt auf den Wasser schwamm, ihn wieder richten
wollte, als könnte er darunter etwas finden, wie unter einer
Nusshälfte auf dem Tisch, er rief, er griff mit den Händen ins
Wasser, tauchte, schrie, riss die Arme hoch und winkte, wer
konnte ihm helfen.

Niemand konnte ihm helfen. Die Zwiebelmänner kamen ins Wasser gewatet und richteten das Boot auf, zogen es
an Land. Krisztí brachte Antal ein Handtuch, er weinte,
Miklós drehte sich ab und grinste verlegen ins Gebüsch, er
wollte seinen Vater nicht weinen sehen, er wollte seinen Vater sein Grinsen nicht sehen lassen, das Herz schlug ihm so
wild gegen den Magen, dass es kitzelte, deshalb musste er
grinsen, hätte gerne gelacht, stattdessen erbrach er Fluss

zwischen die trockenen Blätter und Zweige, niemand beachtete ihn.

Das Tuch der Neuen Frau lag noch im stacheligen Gras, ihre Brille, ihre Sandalen, die Ruthfrau legte alles zusammen zu einem Bündel, das winzig klein aussah, als passte es in einen Briefumschlag. Sie bettete das Bündel leise auf die Kneipenveranda, neben Antal. Niemand sagte: Wir werden sie schon finden sie kann doch sicher schwimmen sie kommt wieder mach dir keine Sorgen. Zuerst schwiegen alle, dann begannen sie leise von anderen Dingen zu flüstern, die Kozakjungs mit den Zwiebelmännern und die Ruthfrau mit Krisztí, Lacibácsi seufzte, führte Antal zu seinem Bett im Hinterzimmer. Antal sah den Himmel dunkler werden, die Tage waren jetzt schon so kurz. Er hörte die Sommergäste zum Ufer gehen, ihre Stimmen, ihr Flöten, ihr Rufen, eine leere Übung, die sie sich selbst schuldeten. Er sah das Geflacker ihrer Taschenlampen, das sich im Fluss brach und in kleinen blassen Lichtscheiben an der Decke sichtbar wurde, er roch den Rauch ihrer Nachtmahlsfeuer. Er schlief ein, als er aufwachte lag er zwischen Miklós und Krisztí, es war Nacht, die Kozakjungs sangen leise ein sehr altes Lied, er wusste nicht mehr woher er es kannte, konnte auch die Worte nicht verstehen, lauschte nur auf das langsame Zittern ihrer Sängerkehlen, das den Fluss übertönte.

Insel

Im Inselgestrüpp liegen, im Unterholz, im Auwalddickicht, nah am Getier, am Boden, nah am Fluss, dort, wo er sein abgedientes Gut auswirft. Sich ins Dunkel drücken. Auf den Fluss lauschen, das Gurgeln und Flüstern, die sommerschweren Mundlaute des Wassers, das Luft holt im Dunkel, auf den kehligen Rat der Nachtvögel hören, das zerbrechliche Gehölz, auf den Wind.

Horchen, wer ruft, wer kommen mag, wer singt, in den Abend horchen, in die üdülőnacht, jenseits, in die Drübennacht.

Auf die Luftschlangen der Stimmen hören, Wortschnitzen, Fäden, Schreiflusen, die in der Luft hängen, Gesangsfetzen, Lärmstreifen.

Lichter, die schweifen, suchen, glitzern, flackern, im schwarzen Wasser ertrinken, zwischen den Muscheln zur Ruhe gehen und Wasserdunkel werden, dann die große Finsternis, ein Wind, zwischen den Blättern die Sterne, die Nichts bedeuten, Löcher in der Nacht.

Hier liegen, nur liegen, im struppigen Gehedder der Zweige, keine Bewegung tun, warten, die Schlangen fürchten, Auwaldgeziefer, das Knacken und Reißen und Brechen unter suchenden tastenden Händen und Füßen, den trockenen Feuerklang.

Hinüberlauschen.

In die Stimmen, die rufen, heulen, wimmern, bitten, singen, die Laute gehöriger Trauer, Scham, Begierde, die Laute der Unwiderruflichkeit, den scheuen Gesang.

Hinüberwittern.

In den Rauch, den Fleischdunst, die Schärfe, den trüben Muttgestank des erschöpften Flusses, den fernen schalen Biergeruch, den Schweiß.

Die Kozakjungs singen. Idegen földre ne siess, sie haben so recht, ausnahmsweise haben sie recht, das ist die sanfte Wahrheit aus ihren Bierkehlen und ihren grölnarbigen Mündern, wie schön sie singen, aus dieser Entfernung ist es ein trauriger, einklingender schwerer Gesang, der zu Herzen geht, zu dem wassermüden, sonnenmüden, sprachmüden Herzen.

Hier liegen, bis sie gehen. Bis der Sommer geht. Die Stelzenhäuser verschlossen werden, die Läden vorgelegt, die Lauben verrammelt. Die Sommerfrüchte alle abgepflückt und abgestreift. Der Sommer verspeist, verzehrt, ausgesaugt, ausgekühlt nach all dem Ausbrand der Hitze.

Hier bleiben, dicht am Boden, grau im grauen Gestrüpp des Spätsommers, ein unauffälliger Fang, hören, wie sie abziehen. Die Marikas und Zsuzsikas, ihre großen Koffer und Säcke, ihre Männer mit leeren Flaschen in Kisten und Tüten mit klebrigen Gläsern vom Eingemachten, ihre Autos, Antal, Miklós, Lacibácsi und Krisztí, schließlich die Kozakjungs, zum Schluss werden sie noch singen, leise, fast schön, feierlich, Idegen földre ne siess, eine Wolke aus Lauten wird ans Gehölzbett schweifen, sich im Gestrüpp verfangen und zu Fetzen trocknen, die nur noch rascheln. Mit der Zeit werden die Laute leiser, schwächer, dünner, ferner, der Fluss wird steigen, Wind kommen, Wolken, Regen, die Hitze weichen, es wird nach Herbst riechen, nach Holunder, Äpfeln, Rauch, Feuer, Leere, dann wird es still, Zeit zu gehen, aus dem Gestrüpp zu kriechen, aus den Fingern des Flusses in ein Leben, gleiten, auf der anderen Seite, andernorts.

Anmerkungen:

üdülő: Feriensiedlung
Idegen földre ne siess: Eile nicht in die Fremde
(ungarisches Volkslied)

Inhalt

Matthes & Seitz Berlin · Paperback · 074

Erste Auflage dieser Ausgabe 2025
MSB Matthes & Seitz Berlin Verlagsgesellschaft mbH
Großbeerenstr. 57A, 10965 Berlin, Deutschland
info@matthes-seitz-berlin.de
Copyright der Originalausgabe © 2009
Alle Rechte vorbehalten, insbesondere die Nutzung des
Werkes für Text und Data Mining im Sinne von § 44b UrhG.
Umschlaggestaltung: Pauline Altmann, Palingen
Druck und Bindung: GGP Media GmbH, Pößneck
Printed in Germany
ISBN 978-3-7518-4525-0 www.matthes-seitz-berlin.de

Esther Kinsky

Am Fluß

386 Seiten, Broschur

ISBN 978-3-7518-0118-8

In neun Etappen eines Spaziergangs in der Gegend um den River Lea vor London verfolgt Esther Kinsky die sich überlagernden Spuren persönlicher Geschichte und urbaner Historie dieser Flusslandschaft und nutzt die Wildnis des Marschlands als Freiraum für Erinnerung und Reflexion. Der River Lea wird zur Grenzmarkierung und zugleich zu einem Wegweiser: Erfahrung und Wahrnehmung finden an ihm eine Schranke und ein Ziel. Ein Buch über das Sehen, über Erkenntnis durch Betrachtung.

»Esther Kinsky liest die Landschaften und überschreibt sie mit einer Sprache, die, wie das Licht, die Oberflächen zum Leuchten bringt.«
– NEUE ZÜRCHER ZEITUNG

 Matthes & Seitz Berlin

Esther Kinsky

Fremdsprechen
144 Seiten, Broschur
ISBN 978-3-95757-645-3

Esther Kinsky, Autorin und vielfach ausgezeichnete Über-
setzerin, beschreibt ausgehend von eigenen Erfahrungen das
Verhältnis zwischen Namen und Dingen und die Verände-
rungen, die sich im Prozess des Übersetzens in diesem Verhältnis vollziehen. Wie wandeln sich die zu den Dingen ge-
hörenden Bilder im Kopf und in der Erinnerung durch den
steten Umgang mit der Umbenennung? Wie prägt die Erinnerung andererseits die Wertigkeit der Benennungen und
beeinflusst damit die Wortentscheidungen, die man beim
Übersetzen unentwegt trifft? Was geschieht in dem Raum,
der sich zwischen den beiden Namen in der Herkunfts- und
der Zielsprache auftut, während der Übersetzer die Bild-
und Klangwelt des zu übersetzenden Textes »fremdspricht«?
Kinskys Essay Fremdsprechen zeichnet die feine Grenzlinie
nach, die zwischen eigenen und fremden Worten, zwischen
eigener und fremder Sprache, zwischen eigenem und frem-
dem Leben verläuft.

Matthes & Seitz Berlin

Esther Kinsky

FlussLand Tagliamento

90 Seiten, Broschur mit Schutzumschlag
Mit Illustration von Christian Thanhäuser
ISBN 978-3-7518-8003-9

Er entspringt in den friulanischen Dolomiten an der Grenze zu Venetien, fließt durch die abfallenden karnischen Al-
pen und mündet nach einer Strecke von 170 Kilometern in
die Adria – der Tagliamento ist der letzte wilde, unregulierte
Fluss Europas. Esther Kinsky folgt schreibend seinem schmalen, silbrigen Lauf, schreitet durch karge Mondlandschaf-
ten und Schwemmwiesen, über Kieskämme und Sandbänke,
lauscht dem Rohrsänger und Kiebitz, entdeckt Wolfsmilch
und Lichtnelken. Sie hört dem Wasser zu, liest im Stein und
betrachtet das Spiel von Licht, Schatten, Farben. Als wissens-
durstige Forscherin taucht sie tief in die Materie ein – und
tritt zugleich zurück: Durch die Genauigkeit und Sinnlich-
keit ihrer Sprache, die aus einem ungeheuren Wortreichtum
schöpft, bringt sie die Natur selbst zum Sprechen.

»Ein unerhört genaues, geradezu sprachschöpferisches Buch.
Ein literarischer Glücksfall«

– WDR

Matthes & Seitz Berlin

Esther Kinsky

Am kalten Hang
viagg' invernal

60 Seiten, gebunden mit Schutzumschlag
Mit Illustrationen von Christian Thanhäuser
ISBN 978-3-95757-222-6

»Esther Kinskys Gedichte lesen unsere Welt mit allen Sinnen und horchen in vergessene, aber dafür nicht weniger konstitutive Schichten der Sprache hinein. Die mysteriösen Sprüche des alttestamentarischen Propheten Jeremiah aufgeschlagen in der Hand, die ins Mark treffenden Töne von Schuberts Winterreise im Ohr, so entwirft Am kalten Hang eine stark assoziative Landschaft der Trauer und des Schmerzes. Im Spannungsverhältnis zu diesen an die Grenzen geistiger Integrität rührenden Gebilden steht eine sich unter jedem Gedicht fortsetzende, lyrische Kurzprosa. Es handelt sich dabei um eine Art von mikrotextueller Italienischen Reise, die sich aber, fern jeglicher Kulturbeflissenheit, als Wanderung ›durchs Gebirge‹ in ›eine Fremdnis‹ erweist. Begegnungen mit verschiedenen Landstrichen zwischen Elbe und Olevano verdichten sich in Korrespondenz mit den Gedichten zu einem intensiven und ergreifenden Selbstgespräch über Leid, Fremdsein, Tod und Gedächtnis.«
– IAIN GALBRAITH

»Kinskys Ich ritzt Worte in eine Rinde und schafft etwas, das bleibt in einer durch Kälte zersetzten Gegenwart. Ein gefühlsechtes Buch über die Schönheit der Tristesse.«
– BERLINER ZEITUNG

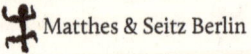 Matthes & Seitz Berlin